心如原野，
文学无界

《收获》65周年纪念特辑

余华　毕飞宇　阿来　贾樟柯　等 著　　《收获》编辑部 主编

人民文学出版社
PEOPLE'S LITERATURE PUBLISHING HOUSE

图书在版编目（CIP）数据

心如原野，文学无界：《收获》65周年纪念特辑 /
余华等著；《收获》编辑部主编. -- 北京：人民文学
出版社，2023

ISBN 978-7-02-017614-4

Ⅰ. ①心… Ⅱ. ①余… ②收… Ⅲ. ①随笔－作品集
－中国－当代 Ⅳ. ①I267.1

中国版本图书馆CIP数据核字(2022)第222253号

责任编辑　卜艳冰　张玉贞　傅　钰
装帧设计　汪佳诗

出版发行　人民文学出版社
社　　址　北京市朝内大街166号
邮政编码　100705

印　　制　凸版艺彩（东莞）印刷有限公司
经　　销　全国新华书店等

字　　数　105千字
开　　本　889毫米×1092毫米　1/32
印　　张　6.5
版　　次　2023年1月北京第1版
印　　次　2024年1月第3次印刷

书　　号　978-7-02-017614-4
定　　价　45.00元

如有印装质量问题，请与本社图书销售中心调换。电话：010-65233595

《收获》是大海，文学是远方

今年，《收获》六十五岁了。

一九五七年，由巴金、靳以主编的《收获》创刊号在上海出版。这是新中国第一本大型文学双月刊，它依托上海这座海纳百川、生机勃发的现代都市，延续五四新文化血脉，坚守文学独立品格，"把心交给读者"。

一九八二年，我从复旦大学走进巨鹿路上海作协这座爱神花园，今年正好满四十年。这些年的编辑生涯里，一是面对《收获》这块金黄色的文学殿堂的牌匾，二是面对这个院子里来来往往的作家，三是面对一部部印刻时代痕迹的文学作品。

当年我进编辑部工作后，直接受益于巴金先生。他对《收获》定下的宗旨，就是要"出人出作品"，这也是我这些年来一直坚持的。他与冰心、沈从文、曹禺等人的深挚情谊早被视为文人楷模，和刘白羽这样的军旅作家则亦师亦友，他们的友谊保持了半个多世纪。他善于团结作家，作为朋友，用心相处，以诚相待。这个传统保持到了今天。我一直认为，《收获》是大海，愿意融汇、吸纳从各座山峰上流淌下来的泉水，尽我们所能地团结绝大多数作家。

五零后、六零后的作家，王安忆、梁晓声、莫言、余华、阿来、苏童、毕飞宇、格非、迟子建、韩少功、叶兆言、阎连科、孙甘露……都是《收获》的亲密朋友。只要是《收获》的事情，哪怕再有困难，他们都会不遗余力地参与。二十世纪九十年代初，有一阵，纸张价格和印刷工费上涨得厉害，在《收获》最难的日子里，正是水运宪等一批作家带头捐款，可以说是患难朋友。《收获》领受了作家们的这份深情，婉拒了他们的捐款。但也正是这样的鼓励，使得我们一路心怀暖意，克服了各种暂时的困难。

六零后、七零后的作家，须一瓜、路内、小白、钟求是、张楚、弋舟……再到八零后这一代：笛安、孙频、董夏青青，等等，也都是我们的基本作者队伍。

为了庆祝六十五周年，今年我们克服种种实际困难，在有情怀的文化酒企酒鬼酒的支持下，在微信视频号上做了一场持续四小时的"无界文学夜"漫谈活动，作家们从五零后一直到八零后，是一次有温度、有交流、有碰撞、有共鸣的线上聚会。这也是《收获》第一次通过竖屏方式、以视频号为载体，走向读者与青年。

"无界"，一直是《收获》的内在精神气质。二〇二一年，《收获》就办过一场"无界对话：文学辽阔的天空"论坛，参与者有大神级网络作家猫腻、坐拥粉丝无数的微信公众号"没药花园"主理人何袜皮、写了一系列谍战小说又当了编剧的海飞、推理作家编剧冯华等，也有二十世纪八十年代就蜚声文坛的评论家程德培、作家金宇澄、陈村、小白，等等。那天担任论坛主持的是评论家何平。他说："如果以参会人的写作背景来看，某种程度上已经是辽阔的，因为参会的人中，拥有资本、市场、读者、文学类型以及文学游戏的生产和扩张的各种背景。"确实，一场包容这么多不同"部落""圈层"写作者的活动很少见。这正是《收获》，或者说，这才是《收获》。既然是大海，当然应该无边无界。

社会和时代在发展，让文学走出书房，走向广袤的田野大地，为人们的生活、为丰富读者的精神世界做出更多贡献；既兢兢业业做好文字的守护者，又不畏不惧敢当文学的开拓者。这是我的期许，也是我的追求。

《收获》主编 程永新

二〇二二年十月

温暖地　活着

篇章一

余华

◆ 跟你们一样，你们在看我的时候，我也在看你们。

◆ 一天中大概五分钟虚无就够了，不要超过十分钟。

◆ 文学创作要离地三尺，就是在餐厅里闻厨房里飘出来的味道，
 但是你别进去。

◆ 虚无是一种炎症。

◆ 温暖地活着，余华就是温暖地活着，他不温暖就写不出《活着》。

◆ 今天早上如果我虚无了，晚上我看到余华，就不虚无了。

◆ 爱别人实际上能给你带来快乐，这是我们要去爱的理由。

◆ 虚无是一种俯视。

彭敏

大家好，我是彭敏。"心如原野，文学无界"。这里是由酒鬼酒、《收获》杂志共同发起，"微信视频号"独家呈现的"无界文学夜"直播。我们邀请到了作家余华、阿来、贾樟柯、毕飞宇、苏童、李敬泽、梁晓声、笛安、淡豹、韩少功，以及《收获》杂志主编程永新老师，和大家一起聊聊文学、聊聊生活。

今天，我们"无界文学夜"活动的发生地非常有特色：湘西酒鬼酒厂的酿酒车间。都说无酒不成诗、无酒不成文，相信在这个后工业风的酿酒车间里，我们也会收获一个"醉"动人的文学夜晚。

谈到文学，很多人认为只有阅历丰富、生命经验丰富的作家，才能写出好的文学；但是，也有人认为文学是形而上的精神产品，和实实在在的生活有一定距离。所以，我们想聊一聊文学和生活、和人生的关系。这次直播的主题为"心如原野，文学无界"，分为《温暖地活着》《现实的回响》《文学的礼物》《生活的诗意》《命运的脚本》《无界的世界》六个小篇章。嘉宾们将会分为六组，围绕这六个篇章，深入探讨文学的魅力——文学如何把无限的感知折叠进我们的人生。

那我们首先请两位老师跟大家打个招呼吧。

余华

大家好，我是余华。"微信视频号"的朋友们，你们好，我也是"微信视频号"的忠实观众之一。跟你们一样，你们在看我的时候，我也在看你们。

程永新

"微信视频号"的观众们，大家好，我是程永新。视频号我也经常看。对，就这样。

彭敏

是不是和余华老师一起看的？（笑）欢迎两位老师。我们这一篇章的主题，就叫"温暖地活着"，请老师和大家聊一聊如何温暖地活着，如何捕捉生活里的那道光、那一道幸福的闪电。学养深厚的文坛大家及青年嘉宾将会继续和大家一起探究文学对我们的生活有哪些细致的影响，我们的人生剧本可以从文学中得到哪些启示以及指引，文学又可以带我们去到什么样的广阔世界。

第一篇章《温暖地活着》，其实是一个比较实在的话题。我想先问一下两位老师，怎么才算是温暖地活着？活出滋味需要什么样的勇气或者智慧？

先请余华老师。

余华

先请程永新，他是《活着》的编辑。

程永新

温暖地活着，余华就是温暖地活着，他不温暖就写不出《活着》。（笑）《活着》里面写到人的命运，也写到苦难，余华把这个《活着》……其实我第一次看这个作品很惊讶，因为在这之前他绝对是一个左突右冲的文学形式主义的实践者。我一直追踪余华的小说，记得那时候的《鲜血梅花》《古典爱情》，好像发表在了《北京文学》上。

余华

《鲜血梅花》是发表在《人民文学》上的。另一篇应该是《十八岁出门远行》？

程永新

《十八岁出门远行》是发表在《北京文学》上的。我那个时候看《活着》的时候，提前做好了充分的准备，我准备他再写一个非常怪的东西给我。因为做了准备，所以有点紧张，不小心感冒了。结果他叫我看的是《活着》。看完了以后，他说要看看我的反应，当时我其实有点晕，因为做的准备和看到的东西完全不一样。它是一个非常坚实的现实主义的作品，可以这么说。但是又跟我们以前看到的现实主义作品不太一样，不一样在哪里？它的意义在哪里？所以我陷入了沉思。（笑）

当时余华说他要写三部，后面《许三观卖血记》《兄弟》可能都和他最早萌发的想法有关。我和出版这本书的出版商也认识，我看他当时也没做什么推广，这个书的销量就蹭蹭蹭地与日俱增。有一次余华带我去央视，问《收获》要不要打广告，我一看里面有很多人，包括崔永元，他的桌子上就放了两本书，一本是《活着》，一本是《许三观卖血记》。而它的影响力一直持续到今天。我女儿现在是十五六岁，她老师也给他们介绍《活着》。我问她看完《活着》什么反应，她说太好看了，就是有点苦。（笑）我说有点苦，你就要珍惜现在的生活，珍惜你受宠的生活。我先说这一点。

余华

程永新勾起了我们对青春岁月的回忆。因为程永新编了我的第一个稿子，也是我在《收获》发表的第一篇稿子，《四月三日事件》。程永新编完那个小说以后，对别人说，我发现一个很好的新作者，是浙江农村的。我听了以后有点不高兴，（笑）我是县城的，他居然把我说成是农村的。在上海眼中，北京都是农村，更不要说县城。（笑）《活着》是我和《收获》、和程永新故事最多的故事。当时写完后，我是把稿子送到上海的，程永新就让格非——格非那时候还在华师大——给在招待所里弄一个房间。我记得当时是一个四张床的房间，然后我把手稿交给程永新。我事先警告格非，我说程永新没看完之前你别来敲门，就逼着程永新在房间看完。那个时候程永新根本不想看，想下军棋——那个时候我们在华师大下军棋，四国大战的军棋——但我逼着他看完。今天程永新才跟我说，他当时对此有一个反应过程。

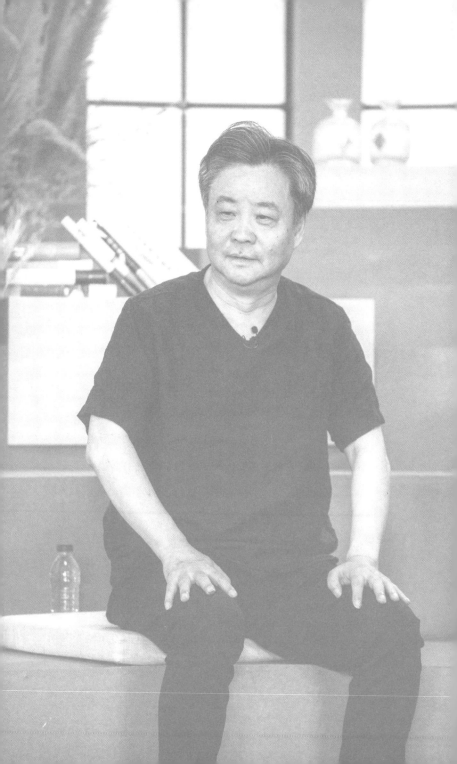

为什么《活着》写完以后我那么地迫切？其实我以前的稿子寄给永新的时候没有那么迫切，爱发不发，不爱发我换个地方发，但是他基本上都给我发了，就一篇退了，是他犯了错误。开个玩笑。因为《活着》是我自己突然就是——"永新，我突然换了一种方法写了。"——我自己其实知道，写的时候也感觉很好，但是……

程永新

你说写哭了。

余华

当然，你不也看哭了？（笑）写的时候感觉很好，但是别的读者感觉会怎么样，所以我需要认可。对我来说，假如只要《收获》认可我，就意味着文学人认可了我的这部小说，我之前之后都没有像对待《活着》那样积极地盯着。在房间里，他中间读的时候去了几趟卫生间，发出的声音不是马桶的声音，是脖子以上的声音，我以为是他在处理眼泪，结果他出来以后说"我感冒了"，原来他是处理鼻涕，弄得我很失望。（笑）最后全部看完以后——终于看完了，因为我在旁边床上躺着，我不敢发出声音，希望不打扰他看完——他跟我说结尾的景色描写很好，让我很失望。"难道前面写得不好吗？""前面也写得很好。"那我放心了。印象中那是星期天，周末，当时还是单休，不是双休。看完以后，就下军棋了，然后我就很关心了，我说程永新你明天几点钟给李小林送过去？让李小林赶紧看。（当时）巴金是主编，李小林是副主编，但是巴金不管具体的，李小林管具体的（编辑事务）。我说你什么时候给小林送去了，他一边出牌一边说不要着急。打完以后睡觉了，睡觉前我还跟他说，你明天早点把稿子给李小林送过去。等我一觉醒来以后程永新的床空了，我就心里很踏实了，星期一给我送过去了。

只要我在，只要和苏童、马原一起，只要我们三个在上海的话，《收获》就有一个传统：会让程永新陪着我们。我们是《收获》重要的作者，虽然那个时候我们很年轻，但对《收获》来说我们是他们最重要的作者了，《收获》确实很有眼光。（笑）后来我又逼着他，我说李小林是不是该看完了，他说没有那么快，明天再说。后来过了两三天，你还记得吗，我逼着你去华师大找了一个公用电话亭，当时巴金家里有电话，给李小林打电话。我当时的愿望是，这本小说写完以后，能在《收获》发表就是对我这小说的认可，如果《收获》发头条就说明这是一本好小说。（笑）结果这两个愿望全部实现了。我把稿子送过去的时候是九月初，九月份是《收获》发稿期，我就比较积极，等到《收获》决定用了以后，我才很放心地回到海盐去。这就是那个时候的经历。

彭敏

刚才程老师说到，他对您这个小说的预期就完全落空了。其实我也想起了我最初读到《活着》这本书的感受。那时候我才小学六年级，对于什么是小说还根本没有概念，我打开那一本书，读到一开始什么"皇帝招我做女婿，路远迢迢我不去"，我完全没有防备这本书后面会赚掉我那么多眼泪。从此我就知道，原来在唐诗宋词之外，还有这么一种文体形式能如此地吸引人，所以我觉得它应该启蒙了很多中国人对文学的认知。余华老师对人生的苦难，对于如何温暖地"活着"有着透彻的理解。

我的理解是，想温暖地活着，需要有很强的现实感知力。首先，像吃喝拉撒、柴米油盐，这些是每个人都离不开的东西。在这个基础之上，每个人还有什么生活必需品呢？这个必需品可以很发散，物质需求、精神生活、生活习惯；小说、音乐、电影、足球，等等，都可以。我先抛砖引玉，我的生活必需品就是中国古典诗词。说到这儿，我想问余华老师一个问题，您认识我吗？

余华

我在手机上见过你，因为我已经很久不看电视了。

彭敏

我就知道您肯定不认识我，但是您有没有看到过这样的新闻？二〇一七年的时候有一位十六岁的高中女生武亦姝打败北大硕士获得了央视中国诗词大会冠军，您看到过吗？

余华

我知道。

彭敏

二〇一八年有一位外卖小哥也打败了北大硕士获得诗词大会冠军，我就是那个北大硕士。俗话说"友谊第一，比赛第二"，其实我觉得人生无所谓谁第一谁第二，谁冠军谁亚军，人生最大的幸运就是在最好的年华遇到一个旗鼓相当的对手，所以二〇二〇年我第三次参加诗词大会，结果真的非常幸运，在总决赛终极对决的时候我遇到了一个十一岁的小学生，是他上来跟我争夺冠军。这个小学生实力真的非常恐怖，我使出了"小镇做题家"之力才艰难地战胜了他，终于获得冠军。网友都到我微博上留言："敏叔你真的是'老当益壮''臭不要脸'。"

诗词真的渗透进了我生活的方方面面。股票、基金亏了一大笔钱的时候，我会想"从此无心爱良夜，任他明月下西楼"；早上照镜子看着自己发际线，想到的诗词是"少壮能几时，鬓发各已苍"；更重要的是见到余华老师、见到程永新老师，我心里想到的诗词是"万人丛中一握手，使我衣袖三年香"。可以跟两位老师握手吗？回去我就不洗手了。这是我的诗词宇宙，是我触摸世界、表达自我最根本的方式。

我想问一下，两位老师有什么生活上的必需品？

余华

程永新的必需品就是编稿子。

彭敏

程永新老师您的已经被回答了，您先来。

程永新

因为余华很喜欢音乐，他已经很内行了，我就不敢说我喜欢音乐了。（笑）但是生活中的必需品，我还是认为离不开音乐。因为我以前在农村、在农场的时候，有一首萨拉萨蒂的《流浪者之歌》，几乎支撑了我一年多的生活。去了农场，生活特别艰难，那个时候看不到前途——后来是因为恢复高考什么的——有一阵子特别着迷那个音乐，我觉得那个音乐写吉普赛人的一种流浪生活，跟我当时那个心境特别匹配、特别契合。后来上学了，我还是觉得音乐是必不可少的，碰到烦恼（时）、沉思（时）都会去听音乐，差不多是这样。

生活当中的必需品，还有爱，无论是爱情或者亲情，或者朋友之间这种情感，我觉得是必不可少。

彭敏

对，爱是人类生活存在于世间的必不可少的方式。

程永新

我觉得是唯一美好的样子。

彭敏

这个评价相当高了。那我们听听余华老师的看法。

　　生活中的虚无，我倒是这么认为，有时候也是需要的，虚无也是我们生活的必需品之一。因为我们有些观念是错误的，比如人生中的一种软弱、柔弱、怯弱，这其实是我们人的一种美德，如果一个人没有恐惧感、没有柔弱的东西，我们人类很难往前走……

余华

我的必需品是不断变化的。当我饥饿的时候，认为吃是重要的；当我困的时候，睡觉是很重要的；当我吃饱了、睡饱了，我觉得应该写作了、工作了。工作也是生活中的必需品，要不然在我身体状况很好的情况下，不工作好像有点对不起我的生活。当然，音乐，看体育比赛，跟朋友们聚会啊、聊聊天啊，我觉得没有固定的。

我的必需品没有固定的。早晨跟中午不一样，中午和晚上不一样，晚上和深夜不一样。但是呢，第二天这四个时间段又不一样，不是完全一样的。是变化莫测，是朝三暮四，一会儿喜欢这个，一会儿喜欢那个。

彭敏

相当地爱薄不专，说明余华老师对这个世界一直充满了浓烈的好奇心。两位老师说得非常开阔眼界，原来看似平常的东西，里边蕴藏着这么多门道。

每个人都有生活的必需品。这些必需品是生活的质感，还是画地为牢的生活牢笼呢？这要取决于每个人对待生活的态度。态度不同，每个人呈现出来的姿态可能就会很不一样。其实生活的虚无是难以避免甚至无处不在的，需要勇气和智慧去抵抗。那么如何去对抗生活的虚无呢？两位老师有什么心得体会，或者坚持呢？

余华

　　生活中的虚无，我倒是这么认为，有时候也是需要的，虚无也是我们生活的必需品之一，你会做各种各样的事情。但是反过来，如果到战场上，怯弱就是一个毛病，是一个缺点，对战士来说应该勇敢。但是生活中，有时人确实还是要有敬畏之心、怜悯之心、同情之心，这都是人性中柔弱的表现。虚无也一样，假如我们生活中每天起来没有虚无感，我觉得这一天就没有意思，当然也不能二十四小时虚无。每天睡八个小时，还有十六个小时都在虚无？不要那么多虚无，一天中大概五分钟虚无就够了，不要超过十分钟。

　　每天有一点虚无感是好的，展示一下脱离现实的状态。现实，对所有人来说，都不是永远那么轻松愉快的。甚至经常性地，它是有压力的、有压迫感的，这个时候虚无能帮我们解脱一下，然后再回来。不能一直虚无，但是要有一点点虚无。

彭敏

　　您这个说法非常有意思，虚无打败了很多人，毁掉了很多人，但是到余华老师您这里，虚无像是一个打工人，上五分钟、十分钟班。

余华

五分钟就够了，不要超过十分钟。

彭敏

我们生命当中遇到的困难反而是必需品，是可以让我们更加勇敢、更有力量往前走的东西。

余华

因为它是我们情感中的重要内容。我们有各种各样的情感，而所有的情感只要出现都是有原因的，情感不是无缘无故出现的。当它出现的时候，你怎么处理这种情感，这是比较重要的。而且虚无感很容易产生啊，你哪怕听音乐，像程永新当年在那个农场工作的时候，听萨拉萨蒂的《流浪者之歌》。欸，你那个时候怎么听到这个歌？那个时候这个音乐几乎听不到的。

程永新

我们那个时候是有个，叫农场演出队，演出队里有个小提琴手。

余华

　　那你们很浪漫，在海盐根本听不到《流浪者之歌》。像这样的音乐出来是能够驱散虚无感的。我可以肯定当年程永新在农场能听到这个歌的感受，我为什么能体会？我在小镇上做牙医的时候，有一段时间空闲下来，我望向窗外，窗外有一座桥，看着桥下，有一种迷茫感——我的人生是不是永远就这样了。当年永新肯定也差不多，"我的人生是不是永远就在这个农场里了"，这个时候《流浪者之歌》触动了你。

　　这种迷茫感也是一种虚无感，人都会这样的。当这种情绪出来的时候，你用什么样的方式去应对它，这是很重要的。只要它不在你的内心中不断地弥漫，只要能够在掌控中。就好比我们产生炎症一样，炎症在某种程度上是在为我们的身体健康做斗争，所以人生中要不断有一些炎症，但不要得更重的症，有炎症就够了。虚无就是一种炎症。

彭敏

　　虽然余华老师帮程永新老师回答了很多，我还是希望程老师谈一下这个问题。

余华

　　擦擦汗。（笑）我们在"桑拿房"里还温暖地活着。

程永新

余华老师说得非常好。虚无最大的好处，其实是可以提升你对平时生活的那种平视。它是一种俯视，你可以以此类推、以己推人——我的生活和别人的区别，我觉得它可能会让你的思想会提升一点。可能生命当中每个人会有这种虚无的情感，如何抵抗，我还没有想好，听了余华的话，我还不知道怎么抵抗。

余华

不用抵抗，不用吃药它就好了。

彭敏

无招胜有招。

余华

自己就会过去了，虚无其实是一种情绪，过去就过去了。

彭敏

程老师抵抗虚无的方式有点像打游戏中的被动技能，没有想着什么抵抗，但自然就抵抗了。

余华

你就《流浪者之歌》帮你带过去了，《流浪者之歌》就把你从那个情景中带出来了。

程永新

今天早上如果我虚无了，晚上我看到余华，就不虚无了。

余华

我看到你也不虚无了。（笑）在我虚无的时候，想到上海还有一个叫程永新的人，他也虚无。当你有这种虚无的情感出来的时候，你突然发现你一个很好的朋友他也在虚无中，你们互相就治愈了。虚无也需要有对方的，你也可以问问其他人，苏童不虚无、阿来不虚无；问问毕飞宇，他也不虚无，那我就更虚无了；如果他们几个都虚无，我马上就好了。

彭敏

而且，这种考量可能还不只是停留在身边，如果李白也虚无，苏轼也虚无，我马上就好了。

余华

李白倒是还不虚无，白吃白喝过了；但杜甫是很虚无的，很长时间都很虚无，甚至虚无到自恋的程度了。

彭敏

两位老师分享了很多奇妙的思索，看来，对于如何对抗虚无，两位老师有很多心得。实际上，虚无有反义词，那就是菜市场、厨房和柴米油盐。温暖地活着，有时候人们要"君子远庖厨"，追求精神富足；有的人却在贪恋这份烟火气。两位老师如何从日常生活中汲取创作的营养？如何发挥柴米油盐的艺术？

余华

这个他比较权威，他看了那么多不同作家的稿子。

程永新

对，因为我职业是编辑，彭敏也是，我们是同行，他还是诗歌编辑；而且都比较虚无。

余华

写诗的人不虚无是不对的。（笑）

余华就是温暖
地活着，他不
温暖就写不出
《活着》。

时候爱别人会很快乐，不仅仅是爱情，
怕是宠爱小猫小狗，你都会很快乐。

程永新

我觉得我的工作是这个，但是也看作家们的那么多东西，其实在作品当中你是闻得到生活那种油烟味的，就有一些人写得特别带生活的气息。但是我觉得高明一点的作家，他在油烟气里面也透出了虚无感，这个是比较有意思的事情。

苏童讲写作要离地三尺。我们之前有一句话说"贴着地面行走"，我觉得这是不行的。这是一对相对看上去矛盾但又比较统一的论调。我觉得得有现实生活的油烟气，又能够写出人的精神层面的东西，我想这个是我看的那么多年来得到的一点经验。

彭敏

余老师呢？

余华

苏童说的"离地三尺"，怎么解释呢？他不用经历乱糟糟、脏兮兮的厨房，他就坐在餐厅吃。他又不会做饭，他会不会泡方便面我都表示怀疑。像刚才彭敏引的孟子的话，"君子远庖厨"，你要是在厨房里，看了很多生的鱼、生的肉，做完以后，确实胃口差了很多。苏童为什么吃得壮壮实实？他不进厨房，在餐厅里待着，油烟气就在隔壁。

文学气就是这样，一定要有烟火味。要我来解释苏童老师的意思，就是在餐厅里闻厨房里飘出来的味道，但是你别进去。

我和苏童都在北师大工作，要带学生。九零后的学生有一个明显的特点，有才华，结构、语言、故事都可以，但他们的作品缺少烟火气，只有极少数的烟火气很好、很足。有三个学生已经在程永新的《收获》上发表了小说，对他们说是不得了、做梦都不敢想的事情。写作作品中要有烟火气很重要，但是苏童说的"离地三尺"也很重要。

另外还有一种比较重要的是，像程永新在看稿子的时候，不管这个作家写的作品是美好的东西，还是一些丑陋的现实，但是他能够看出来这个作者有没有同情心。你刚才提到"君子远庖厨"的故事，这个故事太有名了，谁都知道。里面提到齐宣王还是谁，因为看到那头牛要去祭祀，觉得牛可怜，把它放了。那如果你真的有同情和怜悯之心，就应该把祭祀取消掉，他不取消祭祀，换成了羊，因为羊他没有见着。突然让我想起，哥伦布发现了美洲，后来又成为美洲上将，开始奴役印第安人以后，当时有一个西班牙传教士看到印第安人的生活惨不忍睹，他就十二次渡海，回到西班牙面见西班牙国王，要求免除印第安人的苦役。可问题是那个活谁做？他提出一个建议从非洲运黑人过去。

齐宣王同情牛，难道羊不值得同情吗？那个西班牙传教士同情当时被奴役的印第安人，但是黑人不值得同情吗？所谓的同情和怜悯之心，现在来看都是有局限的：你亲眼所见、亲耳所闻，才能唤起你的同情和怜悯之心。

彭敏

接下来，我要问的这个问题可能是很多年轻人，尤其是生活在大城市里的年轻人的一些心声。我们会想知道如何去爱？如何摆脱孤独？如何成为一个自由的人？如何构筑自己的世界？

余华

很简单，你只要以爱自己的方式去爱别人就够了，就这么简单，没有那么复杂。程永新你再补充一下。

程永新

爱别人……其实有的时候就是换位思考，年纪轻的时候不太会意识到这点，随着成长、慢慢成熟，要多为别人考虑一点，就是带着多为别人着想的出发点。而且有的时候你爱别人会很快乐，不仅仅是爱情，哪怕是宠爱小猫小狗，你都会很快乐。你爱别人实际上能给你带来快乐，这

是我们要去爱的理由。

余华

这个很重要。

彭敏

接下来有一组问题，是很有爱的读者想要从余华老师身上挖掘的问题。像余华老师这样的大作家，是不是平时生活中喜欢看球，喜欢和大家聚在一起喝酒；大家都知道您不太喜欢坐班。能不能分享一下和朋友一起喝酒、看球的故事？吃喝玩乐的乐趣，和一个人安静地阅读的乐趣，区别又在哪里？

余华

我现在也是一个人安静地看球的。找不到一起看球的，我身边看球的人越来越少，因为年纪大的原因，他们好像更喜欢喝酒了。周边的朋友爱喝酒的人越来越多，爱看球的人越来越少。我后来发现，体育运动真的是年轻人喜爱。我们年轻的时候为了一场球、为了周末的一场足球比赛，整个一周都会好好工作。为什么？因为周末会有奖赏，现在比赛天天都有，比赛也多了，没有过去那么……而且年纪慢慢偏大以后，很多人已经不看球了。

彭敏

我们也知道足球又是非常大众的运动，您能不能分享一下，球迷的乐趣到底在哪里？

余华

乐趣就是你一定要支持某一支球队，如果你不支持球队，看球就没有意思。你一定要支持它，哪怕球队跟你八竿子打不着也要支持它。我以前坚决支持中国队，但是能支持中国队的时间不够长，支持一小会儿就没有了，然后你要再支持下一支球队，这就是看球的乐趣。

彭敏

我们聊了看球、喝酒，再回到文学，你说过给《活着》打分打 9.4 分，还有 0.6 分被读书网站偷走了。那哪些评论会让您记住呢？和文学评论家比起来，你更看重网友意见还是学院派的意见？

余华

我最近在 B 站看的东西比较多。我发现有时候阅读文学作品，真的跟学历、知识——知识当然是另外一个概念——学历关系不大。B站有两个博主我很喜欢，有一个是"我是黄鸭兄"，他是芝加哥大学毕业的，里面解读《百年孤独》和《神曲》解读得很好；还有一个叫"智能路障"解读鲁迅，那是一个连高中都没有毕业的人，但他们两个都解读得非常好。

我们对于文学，不缺少的是什么，作者的声音、评论家的声音，但是我们缺少的是读者的声音。在过去，传统媒体，读者的声音一直很难表达出来。现在不一样了，现在有"微信视频号"，有很多的自媒体出来以后，他们可以充分表达，这就是"微信视频号"为什么那么发展壮大的原因。我从一个作者的角度，程永新从编辑的角度，我们可以看到很多来自读者的声音，而这在过去很难看到。过去程永新他们会收到一些读者的来信，对某一部作品表示批评，大部分是对发表的作品表示赞扬，不是没有批评，也有，但是力量小。有了自媒体以后，情况不一样了。

为什么我经常看视频号，因为视频号有一个优点，都是朋友们推荐的。朋友们推荐会比较靠谱，我就点进去，就看得比较多，我看视频号比另外的短视频多得多，就是因为有朋友们推荐，不会看乱七八糟的东西。程永新推荐的永远都是不虚无的东西。（笑）

彭敏

朋友圈就是我们生活延伸的边界。

程永新老师不要见怪，我代表读者有许多问题要问余华老师。

余华老师，听说你最得意的几个学生是从苏童老师手上抢过来的，看起来您也非常注重对新人的栽培，您在北师大做教授，那教书是什么样的感觉？

余华

我摘过苏童的桃子，但是只摘了一个。武茳虹，是苏童的学生。我觉得苏童是我们的榜样，因为我跟苏童、莫言、欧阳江河、西川、张清华，我们六个是北师大教写作的，他们三个以诗歌为主，我们三个以小说为主，小说做得最好的还是苏童。我们马上要出年轻作家的一本作品集子，后来我发现，中间我发掘的（作家）只有一个，其他基本都是苏童发现的。

程永新

有多少人？

余华

十来个。都是北师大的学生，有程舒颖，有叶昕昀。叶昕昀是我发现的，我推荐给程永新，程永新给她发了三篇小说，从去年到今年，我们两个都很看好她。有一个什么好处，我们北师大的文学创作与批评专业招进来的学生，几乎都没有写过作品的，都是一张白纸。由于他们不会写作，我们反而可以把他们教得很好。就怕他进来的时候就已经写了一大堆，你无法给他变过来。

但是也有一个例外。我现在有一个学生，现在研一，马上进研二了，是武大保送过来，他的学术老师是张莉，创作老师是我。他的作品就是有一点虚无缥缈，但也是不错的虚无缥缈。我说你那么年轻，为什么不多去几个地方看看。结果一个暑假，写了两篇给我看，改过来了。我为什么想让他改变，因为他那么年轻，可以多探索几种风格，然后再定下来最终擅长写什么。他来北师大之前已经发表了作品，我就看他能不能改过来，他很顺利地就改过来了，说明这个孩子有潜力。我还跟程永新推荐了，以后请程永新老师多多关注一下。

彭敏

遇到一个好的老师，对自己一生的文学事业是一个很大的提振。

余华

这是双向的，这是我的体会。我发现叶昕昀的时候有很明显的感受。首先好的学生遇到好老师是一种幸运，反过来也是一样，一个好的老师遇到好的学生也是幸运，这是双向的，不是单向的。

彭敏

好的老师和好的学生都是幸运的。

余华

就像程永新，发现自家农村有一个小朋友（写出了）《四月三日事件》一样的，他那个时候真的很高兴，到处跟人说，把我说成是农村的。

彭敏

好了。谢谢两位老师的精彩分享，讲得都很诚恳、深刻。

无论思想可以多么自由地飞翔，人们总要双脚踩地，温暖地活着。只是，人们对于平凡的世界和有限的人生的认知往往是肤浅的。生活太过顺遂的人，往往飘浮在半空，感知不到生活的厚重；而遭遇重大打击的人，又往往容易心灰意冷、走向虚无。温暖地活着，认真地活着，是一种勇气，更是一种智慧。可能付出全部努力，也只是完成了普通的生活，但我们仍然可以用自己的方式好好回答。

好，这一篇章的分享到此结束，感谢余华老师，感谢程永新老师。

写诗的人不虚
无是不对的。

程永新推荐的永远都是不虚无的东西。

现实的回响

篇章二

李敬泽

◆ 文学培养我们感受他人的痛苦和困顿的能力，让我们不会永远陷在自己这里。

◆ 文学抚慰我们，让我们体会更广大的痛苦，同时也教会我们怎么去安顿自己的痛苦。

◆ 我们可能每个人都仅仅沉浸在自己的小的现实上。

◆ 一个作家把更广大的世界放到自己的内部。

◆ 要把人生定位定得相对客观一点……

◆ 我知道我不是一个独立的"1"，我是"1+"——我背后有一个家庭。

◆ 一个写作者，一定是不因自己生活在优渥的条件下面觉得天下全然如此。

◆ 创作不意味着作者可以躲进自己的创造过程，创作一定是面对社会的、面对现实的。

彭敏

　　大家好，我是彭敏。"心如原野，文学无界"。这里是由酒鬼酒、《收获》杂志共同发起，"微信视频号"独家呈现的"无界文学夜"。我们邀请到了作家余华、阿来、贾樟柯、毕飞宇、苏童、李敬泽、梁晓声、笛安、淡豹、韩少功，以及《收获》杂志主编程永新老师和大家一起，聊聊文学、聊聊生活。

　　这一章节由作家梁晓声和李敬泽回应一些现实的关照。先请两位老师和大家打个招呼吧。

梁晓声

　　大家好，我是梁晓声，非常高兴在这个空间和我的朋友敬泽一起，就这个话题和大家交流。

李敬泽

大家好，我是李敬泽，非常高兴能够和"微信视频号"的朋友们见面。

彭敏

欢迎两位老师。首先，我想问一下两位作家老师，有没有过被现实按在地上摩擦、在现实面前很无力的经历？如果用网络语言来说，就像是一个二百多斤的弄丢了自己心爱的玩具还迷路了的孩子。

梁晓声

我个人觉得古今中外，没有经历过人生坎坷的、没有经历过人生磨难和困难时期的人，几乎是不存在的。我们想象一下，恐怕连旧时的皇帝们也都会面临一些同样严峻的问题。但是我们现在的年轻人所说的、像你刚才一串的形容，我个人觉得他们面临的问题、会使他们感到有压力的问题还不至于那么令人沮丧。

李敬泽

我没有听明白为什么是二百多斤的孩子。

彭敏

就是一个梗。

梁晓声

一个人随着年龄越来越大，对于别人的命运和人生了解得比较多一些的时候，他就不会以为自己经历了一些童年或者少年穷愁的生活、日子，觉得自己曾经是世界上最不幸的那个人。

二十几年前我就关注到中国的贫困山区，那个时候全国普遍的扶贫工作还没有展开。有些山里的孩子上学路途艰难，有的孩子包括小女孩要背着自己的弟弟妹妹上学，有的时候要带着生的米到学校现煮，有的时候要背着柴。随着打工潮，有些父母离开了自己的孩子，哥哥姐姐带着弟弟妹妹生活。有一些孩子的爷爷奶奶、姥姥姥爷的身体尚好，孩子们的生活还乐观一些；但是有一些老人身体不好。我记得好像电视里介绍过，有一个女孩上学回来立刻就要给病床上的妈妈做饭，做完饭之后趴在灶台上做作业，那女孩也不过是上小学四五年级。

我现在住的那个小区在旧房改造——现在北京天气也很热——中午的时候，外面的工人，也就是父亲们席地而卧，地上就铺一张硬纸盒。这些父亲背后都有不同的责任，他们挣的钱也是血汗换来的。工地上也没有食堂，他们连一份盒饭也舍不得买，基本是包子馒头就榨菜，没有矿泉水，而是喝自己带的水。现实生活中依然有诸多这样的人，他们的生活、他们本身所经历的困厄也会超出我们的想象。这样一想，就不再觉得自己儿童时期和少年时所经历的那一点穷愁是值得一而再、再而三说的事情。

我刚才说的山区小女孩的经历，就像我的少年时期经历的几件事。第一是家的问题。看过《人世间》这部电视剧的，就想象一下那个"光字片"最后只剩下一家，其他都搬走了，旁边都是建筑工地，挖了壕沟。这样的家遇上夏季的雨季，四面一片汪洋；冬天，渗进家里的水会冻成冰，上面要铺上木板，冰层下面可以看到曾经的虫子和淹死的老鼠，你还不能拿出来。你想象一下，《人世间》里的光明就是那个年龄的我，一眨眼，妈妈已经去上班了。为什么妈妈那么早去上班了呢？此外，就是钱的问题，因为父亲工资太低，母亲（也）只能出去挣十七块五的工资，要比一级工的十八元少五毛，以证明她不是正式工人。以前我有相当长时期做梦都在捡钱，就像茶农去摘茶叶的时候发现所有的苗上长的都是硬币一样。

李敬泽

那你在梦里捡钱捡到的最大巨款是多少？

梁晓声

那都是硬币嘛……就是在茶园里捡了钱然后揣在袋子里，一袋子，背回家发现里面是空的。

还有一点就是，当时确实年龄太小，也只有小学三四年级。太小的话呢，这样一种对自身命运的自怨自艾的情绪也是有的，还有孩子的自尊。那个时候穿的鞋子是露脚趾的，上学的时候也没有一件好衣服穿。四五年级整个一学年我是学校出名的"逃学鬼"。因为自己做饭的时候要添煤，就得把锅端起来，锅很沉，就需要用胸撑起来，锅底的灰就蹭得衣服上全是，然后衣服脏了，就不想去上学，就逃学。后面第三天母亲可能就会带我去上学，我会挣开她的手跑。现在七十多岁了，想到小时候那么让母亲操心过，依然是心中很大的痛点。

而且我那时候也想过死。有一次母亲送我到学校门口，我挣开她的手又跑了。学校门口有一条路，对面有一条铁轨，我从铁轨上翻下来，翻到桥墩上，桥墩下有一块空地，我蹲在那里，母亲看着我，那一刻我有一种想跳下去的感觉，和一种绝望。

中学的时候好了一点，母亲还上班，哥哥又考上了大学，我也上了中学，而且新家的房子也比从前好多了，但是这种好生活，只过了一年。初一下学期的一天，那是冬天，下过雪之后，班主任到教室推开门把我找出来，扶着我的肩跟我说你不要紧张，也不要害怕，你哥哥回来了。我一愣，说我哥哥在上大学，怎么这时候回来了？他说你哥哥受了刺激，精神有些不正常。"精神不正常"，我们总是听别人说，或者看到别人家的人是，或者从书里看到的，突然落到了自己的哥哥身上——而且那个时候大学生哥哥是家里向往好生活的指望，现在精神不正常了。两位大学的老师陪着他，踏着深雪回到家里。从那天开始，觉得家里的房子又塌了。到初二下学期，实际上我就不能正常上课了，因为每天晚上要陪着我哥哥，他精神不好，需要在城里到处走走。班级为了照顾我，在教室门口放了一张书桌，我可以不敲门，随时进来坐在那里上课，但从此成绩一落千丈。学校所有的老师都认识我，知道我是他们学校出的一个好学生的弟弟，老师会在课堂上点名谁是梁绍先的弟弟，我就站起来，那个时候感觉很荣耀，但最后化成了那样的状态。

我下乡的时候、离开了家庭的时候还是很顺利，当一班长，当小学老师，当团的报道员，但是精简机构的时候，全团就精减了两个知青，一男一女，我就是那个男知青。再怎么说自己没有什么不良表现，但是唯独你从机关被精减下来了……关键你也不能回老连队，你跟老连队如何解释？没有办法解释。你离开老连队的时候当的是教师，现在已经有人接替你当了教师。然后我就到了木材加工厂，和《人世间》里不同，我们是八个人抬一根大木头，每个人肩上一百二十多斤，有的时候一根木头有半吨。那个时候我还被知青传染了肝炎，我自己不知道，抬木头的时候脚底打晃，坚持不下去了，我就要回山东老家插队，觉得那样轻松些。后来也有好运气向我招手，我上了复旦大学，到复旦大学毕业的时候——现在年轻人只不过是面对人生的转折和选择——我们专业老师说可以留校，而且只有一个名额，我最合适。我说我不能留校，我要回哈尔滨，爸爸妈妈、弟弟妹妹们，总之那个家需要我，我觉得靠我的肩膀可以把家里塌下的半边房顶撑住。包括（王）安忆的母亲茹志鹃也到学校要我，要创办《上海文学》，我还是要回哈尔滨。到了文化部，说确实没有哈尔滨的名额，就到了北京电影制片厂。

虽然我经历这些，但是跟我前面讲过的其他人的命运，人家也经历过类似的。关注他者的命运，眼界再放开一点，才不会想自己是世界上最不幸的。实际上我们还没有讲到另外的一些人，包括文学作品中的一些，别的不说，就说保尔，那么年轻就僵在床上，还要创作。这个时候我就想到鲁迅先生说的：年轻人，第一要生存，第二要发展，第三要有未来；"生存不是苟活，发展不是奢侈，有未来不是有野心。"实际上就是说要把人生定位定得相对客观一点……

我和敬泽刚刚还谈到，我们特别理解今天年轻人所面对的种种的彷徨、压力，虽然这压力在形式上不同于我们的经历，但是降临在他们的肩膀上的也同样是有分量的。但是有的时候自己选择的，就要自己对自己的选择结果负责任；如果结果是苦的，也得像《人世间》里的台词说的，那是自己选择的，嚼嚼咽了。

彭敏

即便是自己经历了磨难，还想着人世间别人也经历的磨难。

李敬泽

我觉得也不完全是那样。我在想为什么要有文学？而且我们看很多小说、很多文学作品，其实往往不是在向你展示他人的幸福。我们在很多的文学作品中、很多的小说中，我们都能够感觉到，我们在看到这个主人公、这个人再大的沙龙，也不是广泛的生活本身。

阅读是寻找到让自己的心灵相对放松的港湾。

物是在经受种种困顿、磨难。某种程度上讲，第一，文学培养我们感受他人的痛苦和困顿的能力，使得我们不会永远陷在自己这里，永远觉得自己是最倒霉的人。我们去看一看其他人类的生活、人类的经验，在文学作品中得到这样的展现：有些东西几乎是每一个人人之为人必须面对、必须承受的东西。这是一方面，它让我们去领会别人，让我们知道我们并不是世界上孤零零独自承受困难的人，世界上可能有无数的人都跟我们一样承受困难。同时我们在文学作品中看到那些人——他们是怎么去承受这一切、捍卫自己的生活，依然是一个有尊严的（人），或者让自己的生活变得有意义，这可能也是文学对我们的馈赠。

彭敏

这种感觉我也经常有。当我遇到所谓的不幸和磨难的时候，我去读古人的诗词，去了解他们的人生，发现李白、杜甫，原来他们有过那么艰难的岁月，让我觉得好像得到了一定的净化了。那，两位老师都是如何挣脱现实的困顿的？在这个过程中，文学起到了什么样的作用？

李敬泽

我想，文学是一种很重要的情感交流。每个人回忆一下你阅读的文学作品，或者说读了这本书真的觉得对我很重要的时候，都是什么时候？恐怕常常是心里有疙瘩、不顺利的时候，这个时候文学抚慰我们，让我们体会——如果人间有痛苦的话——还有更广大的痛苦，同时也教会我们怎么去安顿自己的痛苦。

我小时候读这个小说，其实和梁老师的感受是一样的。我小时候也常常觉得自己是世界上……刚刚说到做梦捡钱，我做梦也捡钱。我刚才问你捡到最大面额是多少，我做梦捡钱是在家门口的街上捡了十块钱，那个时候是巨款了，在梦里就各种想怎么花掉这个钱。话又说回来，想一想那个时候连梦都是贫瘠的，因为在梦里想不到怎么花这十块钱，没有什么买个玩具或买本书的概念，绝对是贫穷限制了想象力。最后醒来的时候，这十块钱还没有花出去，醒来想想原来我并没有这十块钱。

我们都是从那个时代过来的，都曾经经历过那样的困顿。对我来说是童年记忆，也很快就过去了。在童年的时候、少年的时候，反正我也常常真是觉得自己是这个世界最孤独、最无依无靠的人。

彭敏

经常问苍天大地，为什么这么对我。

梁晓声

你们经历过这样的绝望？年轻人的也说给我们听听。

彭敏

真有过，当时好不容易考上北大研究生，本来是人生巅峰，但是很困苦。因为我身高不够高，就找不到女朋友，我就想孤独终老了。

李敬泽

现在也没有解决这个问题。

彭敏

现在就想通了，无所谓了。

梁晓声

我这个身高也是不达标了，我很羡慕你，我总觉得你是玉树临风。我记得那个时候北京说身高不足一米七是半残废，我体检的时候身高只有一米六八，也有自卑感。但是文学给自己加分了。

李敬泽

你肯定是看了《拿破仑传》。

梁晓声

我到北京电影厂还是很受宠的，有文职老干部们过来打听我有没有对象。因为他们家女儿和我是同龄人，我们也都下过乡。还有文艺界老前辈也会打听，我自己还确实……

李敬泽

是不是忽然感觉自己炙手可热了？

梁晓声

我自己还和拍过几个比较受关注的电影的女主角见过面，吃过饭，逛过公园。

李敬泽

这个哪天我请您喝酒，细细讲。

梁晓声

有一点，我知道我不是一个独立的"1"，我是"1+"——我背后有一个家庭。希望和我生活在一起的那个人是不是同时希望成为我背后那个家庭所认可的亲人，当我判断这个可能性几乎微乎其微的时候，就有一个非常断然的态度：这不行。我没有你的那种自卑，但我当时会想到为了家庭、为了弟弟妹妹，不结婚又怎么样。

彭敏

天哪！

梁晓声

我曾经抱定了独身主义，（后来）我三十二岁才结婚。

李敬泽

我们每个人都生活在一个给定的条件下，这个条件不是你选的，这个家庭也不是你选的。在这种情况下，有的时候确实能够感受到，比如说，责任——决定你生活的常常是你巨大的责任。梁老师到现在还照顾刚才说到的生病的老哥。多少年了？

梁晓声

他（彭敏）可能是独生子或者是家里最小的，要么是家里的孩子不会超过三个，是属于只要你生活好了，爸爸妈妈一切就都好了的那种家庭。爸爸妈妈会说你希望妈妈爸爸给你怎么样的帮助，要钱有钱，全力帮助。但是我们当年那个家庭不一样，造成人对于家庭责任不一样的感受。独生子女大多数不能体会到这一点，因为他们都是爸爸妈妈的掌上明珠嘛。

彭敏

我倒是有一个妹妹，但总的来讲我的家庭不会对我们形成太大的压力，我们可以在外面自由地闯荡。

梁晓声

你们所面临的压力就是鲁迅先生说的"要发展"和"有未来"，要发展到什么样的状态，未来是什么样。

李敬泽

不同时代的人感受到的压力内容肯定是不同的。年轻人的压力也是绝对真实的，是实实在在的压力。对他们来说解决这些压力的强度，未必比我们当初弱。

梁晓声

我们俩在来的路上都在谈这个问题，没想到晚上也在聊这个话题。我和敬泽达成一个共识：基本上充分理解当下青年们的困顿。这种困顿和咱们当年不一样，现在是什么呢？现在同样大学毕业，有的考研了，有的没考上，有的差几分。有的家里给买了房子，结了婚，添了车，很快有了小儿女，生活很幸福；可是有的没有房子，谈不上车，还要租房子，租到郊区（离单位）很远；收入很快会被拉开。这种咄咄逼人的、近在咫尺的差距所带来的压力，不比我们那个年代小。

李敬泽

而且是强烈比较下的压力。

梁晓声

我们那个时代都差不多，工资收入差不多，你大学毕业收入五十七元，人家在工厂里三级工以上收入也四十七八元，也不过十元的差距，没有那么咄咄逼人。这点，有时候我和李敬泽想起来，惊讶于今天的年轻人居然能做到没有"躺平"——在这样的情况下，各种差距都被拉大了，大多数青年还基本没有"躺平"。虽然有"躺平"这个词，但现实是大多数都在努力地工作、认真地工作，所以这是非常了不起的。

李敬泽

没有什么人真"躺平"。

彭敏

您说的真的是这样，我工作之后没多久，收入就变成了同学的四分之一、三分之一。

李敬泽

一比，焦虑就出来了。

彭敏

两位老师的回答非常精彩，也非常诚恳，掏出了很多自己的心里话。

两位老师可贵的地方在于，他们从不回避现实，而且能从现实的碰撞中找到精神的给养，非常值得我们学习。我个人回顾了一下，发现自己经常对于现实持逃避态度。上大学从没做过家教和各种兼职，实习都是在中文系办公室完成的，毕业了选择来"作协"工作……后来才发现，逃避不但可耻而且没用。我想问问两位老师，作为创作者，你们会不会主动去拥抱现实，投身到现实沸腾的热浪中去？

文学创作一定是特殊的职业，而这特殊性不在于通过它可以证明谁的才分有多高，而是在于这一种职业是通过作品来让一部分人知道更多的另外一部分人的现实状况。

梁晓声

这个也要让李敬泽先说，他接触了相当多的青年作家，而且刚刚结束了鲁迅文学奖的评奖工作。

李敬泽

我觉得是两个层次。一个层次，从个体来说，我们每个人都在现实之中，每个人都有他的现实，每一天都要应对他的现实。我想我们也毫无例外。但是就作家来讲，就一个写作者来讲，我想他肯定不能简单地说，我也在现实中，这就是我的现实。作家的信念，这个职业，其中所包含的东西，一定是对这个世界更为深广的理解，对他人更为深广的认识、体贴和感受力。在这个意义上说，我想，第二个层面的现实，对于现在的作家来说，对每个写作者来说，都是至关重要的考验。客观地讲，现在很难说，对于作家而言，抵达第二个现实是难度很大的，但我们确实要高度警惕，我们可能每个人都仅仅沉浸在自己的小的现实上。

我想，作家如果不能善于去体会他人的心理、体会他人的境遇、体会他人的不容易，那么这样的作家，恐怕在这个时代是一个苍白的作家、一个弱的作家。正是由于现实如此庞杂又如此巨大，我们每个人在面对现实的时候，在从自己的现实把脖子伸出去、张望一下的时候，都会产生一种茫然感。此时很多人就会求助于文学、求助于小说，希望从文学、小说里让自己对现实有一个感知——现实是什么样的，他人是什么样的，这也是这个时代文学或小说不能放弃的、很根本的职能和功能。那么作家如何承担起这个功能其实是我们每一个人都面临的问题。

就个人来说，我经常感觉到的焦虑是，我确实对这个世界所知甚少，对他人所知甚少。我也特别警惕自己说不要沉浸在这里面，不管是自己虚拟意义上的朋友圈，还是实际生活意义上的朋友圈，都容易使你陷在"信息茧房"里，你所见的是非常有限、非常有偏差的一部分。灵丹妙药我也没有，但是我觉得我们可能确实首先需要这样的自觉。

彭敏

我觉得您所说的所知甚少，可能是看的东西越多，越有这样的感觉。

李敬泽

某种程度上，我希望自己每天都提醒自己所知甚少。因为我们一方面所知甚少，一方面却觉得自己无所不知，把自己所知的那点东西当成了无所不知，当成了这个世界和社会的全貌。

梁晓声

我非常赞成敬泽刚才的说法。我知道他在朋友中，至少和我，经常进行这样的对话。他是我的提醒者。这里我觉得文学不能沙龙化，再大的沙龙，也不是广泛的生活本身。还有一点，阅读和创作是不一样的，当我没在进行创作的时候，我还不是写作者的时候，我仅仅是喜欢读文学书籍的人的时候，阅读确实是寻找到让自己的心灵相对放松的港湾。创作的时候不一样，不意味着作者躲进自己的创造过程，创作一定是面对社会的、面对现实的。即使写历史题材，也还是要把社会和历史进行参照，以表达自己的历史观。另外一点，我觉得也非常重要，我们开始写作的时候已经意识到了这一点：文学创作一定是特殊的职业，而这特殊性不在于通过它可以证明谁的才分有多高，而是在于这一种职业是通过作品来让一部分人知道更多的另外一部分人的现实状况。也就是因为这样，左拉才写了《小酒馆》。

李敬泽

实际上，在这个过程中，一个作家也把更广大的世界放到自己的内部。你对古诗词精通，现在人到中年，我就特别爱读杜甫。你看，盛唐的诗人，李白、王维都是那么伟大的诗人，他们都和杜甫一样经历了安史之乱。但是你在李白和王维的诗词中看不出安史之乱、天崩地裂、人民的困难，看不到。

彭敏

能看到安史之乱当中的他们自己。

李敬泽

对，就他们自己的一点行迹。这个时候就看出杜甫为什么伟大，他为什么广大。他这个时候真的可以放下自己、带着自己投入人间，去领会人间发生了什么。就是在这样一个分界点上，没有安史之乱还真看不出杜甫的伟大。那王维（写出来的诗）多漂亮、多高妙。

梁晓声

可能杜甫身上体现了文学更加至关重要的向度。

李敬泽

对，杜甫是整个中国文学至关重要的向度，真的是朝着人民、大地的向度。在这个意义上说，直到现在，我们

的作家在这样的伟大传统里依然承担着这样的使命。

彭敏

一开始梁老师的那番话，和杜甫在精神上有很多相通的气质。

梁晓声

当我们看古今中外的文学史，雨果是贵族，但是他写了《悲惨世界》，关注到了冉·阿让；屠格涅夫也是贵族，他关注到农奴的问题，写了《猎人日记》；托尔斯泰也是贵族。一个写作者，一定是不因自己生活在优渥的条件下而觉得天下全然如此；反之亦然。

李敬泽

（这是一种）新的能力。我们说"民胞物与"，这实际上是新的（视角）。

梁晓声

你刚才用了一个词，我很赞同，就是一种大的责任和一种大的——刚才我们谈到了大的困厄，大的困厄和个人困厄的比照，我觉得这些都值得我们思考。

彭敏

温暖地活着、文学的礼物，以及诗意的生活，我们对文学的想象，总是温情脉脉、充满遐想的。我们期待着文学能给我们的生活带来温暖，给人生带来诗意，期待着文学馈赠我们礼物。我们给文学寄托了许多念想，并不是因为我们有多贪心，而是因为文学的的确确是美好的事物。靠近文学，进入文学，就会有美好的事情发生。

不管我们在文学的海洋里自由自在漂浮出去多远，一个现实的此岸永远在等着我们归航，这就是现实的回响。我们热爱文学、向往文学，并不是一种逃避，而是对现实的一种关照。

好，《现实的回响》这一篇章到这里就结束了，感谢两位老师的精彩分享。

文学让我们知
道我们并不是
世界上孤零零
独自承受困难
的人。

决定你生活
的常常是你
巨大的责任。

生活的诗意

篇章三

苏童

◆ 一个作家真正的精神脉络来自他的阅读和文学影响，而非苏州与杭州的不同。

◆ 如果没有爱的眼睛，是看不见诗意的。

◆ 猪头上的白雪，白雪下的猪头，就是诗意与物质。

◆ 诗意是想象，某种程度上还是怀旧、缅怀。

- ◆ 所谓生活里的诗意，就是"我"，自我。
- ◆ 在对抗的过程中寻找到了自我是建立诗意的前提。
- ◆ 我们在面对美、面对诗意、面对自我问题上，真的要建构起共同的东西来。
- ◆ 在我们每个人都失去了时间和空间的时候，找到自我的意识，是多么关键。

杨丽萍

彭敏

大家好，我是彭敏。"心如原野，文学无界"。这里是由酒鬼酒、《收获》杂志共同发起，"微信视频号"独家呈现的"无界文学夜"。我们邀请到了作家余华、阿来、贾樟柯、毕飞宇、苏童、李敬泽、梁晓声、笛安、淡豹、韩少功，以及《收获》杂志主编程永新老师。这些文坛大家和新锐作家一起聊聊文学，聊聊生活。

对我们普通人而言，能生存下来本身就需要很大的智慧和技巧，要想温暖地活着，其实是非常高的标准了。现在，我们要继续提升这个标准，不仅要能够温暖地活着，还要把生活过出诗意来。这个话题将由作家苏童和毕飞宇老师一起和大家进行交流。先请两位老师和大家打个招呼吧。

毕飞宇

大家好，我是毕飞宇，来自江苏，江苏的南京大学。特别高兴来参加《收获》和酒鬼酒共同举办的"心如原野，文学无界"的活动。非常高兴认识大家，我也特别渴望和苏童老师一起能谈一些有意思的话题。

苏童

大家好，我是苏童，来自北京师范大学。非常荣幸今天有机会来到美丽的、充满诗意的湘西来参加"心如原野，文学无界"的活动。

彭敏

欢迎两位老师。我想向两位提问，对两位而言，诗意的生活需要哪些前提条件，或者说，基本要求？可以是最基本的物质方面的保障，也可以是精神层面的最低追求。

毕飞宇

我特别喜欢福楼拜的一句话，他说大自然的一切美丽、大自然的一切诗意要靠作家去赋予，这句话给了我很多鼓舞。沿着这句话往前考察一下，可能是这个意思：无论是大自然还是生活，可能本身并没有所谓的诗意，诗意很可能是我们人类自己为人类的生存、环境、居住，或生活细节所赋予的东西。从这个意义上讲，诗意是后天的，不是自然的，是通过文化积累形成的一种有关生活的高级感受和高级认知，我想可能是这样一个东西。

至于条件，诗意地生活，诗意如何才能够走入我们的生活，我觉得最必要的一个条件，还是我们自身的精神性。这个精神性，首先是我们得有理想。我们得盘算如何让自己活得有尊严，活得像个"人"。我们朝着自己的目标去奔，这可能是诗意巨大的前提。与此同时，实现诗意必不可少的是手段。文化构建起叫诗意的东西，我们拥有诗意的能力，我们能否把这种能力介入日常生活当中去，然后去建构它，这是非常要紧的。如果你要问我必须具备什么东西，我觉得还是要有理想，要有生活的建构能力，这是我最想说的。

彭敏

我知道您早年也写诗，这个生活的诗意和您曾经创作诗词的能力会不会有一定的联系？

毕飞宇

我想说的是，生活里的诗意和文学作品里面的诗歌所呈现出来的诗意可能不是一码事。那个完全是文学化的，有关文学、有关诗句给我们带来了审美感受，唤醒了我们内心对诗的审美过程；但是生活里所理解的诗意，不能拿它套。硬要往上套，就是拿诗歌的意境，尤其是中国人用唐诗宋词的意境去营造我们的生活，我觉得可能会出问题。比如说，中国人看来特别喜欢陶渊明，他隐居了。

彭敏

不为五斗米折腰。

毕飞宇

"方宅十余亩，草屋八九间。榆柳荫后檐，桃李罗堂前。"你看其实都是一些自然要素，所谓陶渊明诗歌里的诗意都是自然要素，这前面有很重要的东西。"而无车马喧"的前面是"结庐在人境"。"结庐在人境，而无车马喧。"首先是人境，最重要的是，车马是什么东西，车马不是自然的东西，在他生活的时代车马是政治、是官场、是贵族。那么我陶渊明"躺平"了，到人间生活不需要那些多余的东西了，仅仅依靠自然就可以活出我的诗意——然后我"采菊东篱下，悠然见南山"。"南山""东篱"，你要完全把这些所谓的诗意拿到生活里去，那我们会得出一个结论：工业革命以来所有的努力、所有科学的进步，成了我们的敌人，这就说不通了。

彭敏

在生活的诗意和文学的诗意之间还是要保持清醒的大脑。

苏童

文学本身大家可以说是无用之物，也可以说是有用之物，诗意也是。我们今天说的诗意肯定不是海德格尔所说的诗意，也不是西方美学、西方文学谈论的诗意。那个诗意大概很大程度上来自古希腊诗歌，来自那样的诗歌在现今文学当中的残存，《荷马史诗》的残存，谈论一部小说里的诗意就是谈论那种精神，谈论某种传承。

今天要谈的稍微简单一点，就是大家通常所理解的诗意。我突然想起一首全国人民最家喻户晓、五岁小孩也会背诵的诗，柳宗元的："千山鸟飞绝，万径人踪灭。孤舟蓑笠翁，独钓寒江雪。"我女儿四五岁就会背了。柳宗元他可能是发现了某种诗意，不能说他是用左手写的，可能是认真用右手写的。有意思的是，我们看现在所有的唐代以来的、从柳宗元后面到元明清的文人山水画，除了山与

水，如果有一个人，很多都是"孤舟蓑笠翁"。所有的后来者、舞文弄墨者，形容那是所谓的诗意——在寒冷的天气里，穿着蓑衣、戴着斗笠的老头在江上钓鱼。如果我们穿越回到那个时代，那是一定真正在发生的，有一个老人在江上钓鱼。"寒江雪"衬托的是非常非常寒冷的下雪的日子。我们设想路过一个农户，看见那个老头，想那个老头有病，这么冷的天，到江上钓一条鱼，一条鱼能吃多久？对这样的农户来说，这样的诗意是看不见的，是没有的。诗意最大程度上就是一种感受，这个感受需要被看见才能形成诗意，被描述、被接受才是诗意。从某种真正的现实生活、世俗生活（的角度），是拒绝这种的。我当然是随便举了一个例子。

也可设想，有一天，真的那江上老翁如果不在那条小船上钓鱼了，不在满天大雪当中钓鱼，来到生活中，这个人可能是没有诗意的，那诗人不会描述他，画家不会画他。所谓的诗意在我们生活当中，与我们的感官、与我们的"看见"相关，甚至要说有门槛的话，那不是物质的，某种意义上，这个门槛是一点点的美学训练与文化积累，是这么一个东西。

彭敏

通过您刚才举的诗的例子，我们发现诗意并不需要你处在滋润的小生活中端着美酒。柳宗元那个时候恰恰是处于人生最艰难的时期，被贬到永州，但是在那个冰天雪地当中，在那个万千孤独当中，他其实有一种孤傲、不向世界认输的精神。渔翁的诗意是来自一种要和命运对抗到底的对命运的不屈服。

两位老师都回答得非常诚恳。

提到诗意，大家总感觉是那么虚无缥缈，不可言说。这种诗意化的感觉需不需要一些触角，用这些触角支撑起一些东西，把庸庸碌碌的生活导向诗意的通途？

苏童

我随便瞎聊聊。有一年我搬家，我的房子有一个院子，里面当然会种一些植物。我种了一些植物，但总觉得缺了点什么，不好看。有一天我路过旁边还没有入住的邻居的家，或者那是还没有卖掉的房子，看见外面种了几棵芭蕉，经过芭蕉的时候我心一动，突然想起了广东音乐《雨打芭蕉》。现在我也不喜欢广东音乐，但是广东音乐里面很多歌名都具有诗意，《雨打芭蕉》啦，《百鸟朝凤》啊，我觉得这些名字都特别有意思。我动了一个歪念，就想偷那几棵芭蕉。（笑）那个时候有布控的，小区里有监控，我是知道的。我好歹也是一个作家，不能干这事，但是我每次走过都忍不住要想象"雨打芭蕉"这么一种非常有诗意的场景。有一天下雨的时候，我披着雨衣，把那几棵无主的芭蕉挖回来种在了院子里。因为知道习性，我把芭蕉放在靠北的地方。我把它呵护好，它慢慢长大。过了好几年，我突然发现我从来没有听到过雨打芭蕉。我的脑海里对于诗意的描述是，我坐在窗边，安稳地读书，听雨打芭蕉的声音，这种典型的小浪漫。我起码住了五年，但从来没有在院子里听到雨打芭蕉的声音。晚上当然很安静，我可以听到其他的风声、雨声，但是无法辨别出雨打芭蕉的声音。

又有一天下雨了，我走过去了，觉得自己有点神经病，就让它在那儿吧。芭蕉在冬天叶子枯了，很难看，特别丑陋，但是我不会弄掉，到冬天我就把难看的叶子剪掉，它还会长出新叶子来。留下那个芭蕉，我就让诗意活着了。你刚才那个话题在我现实生活当中是这么演绎的。芭蕉还在我家院子里，我到现在还认真地想没有听过雨打芭蕉的声音，但是我让诗意活在了那里。

彭敏

我能理解这个心理，就像古人说什么"芝兰玉树"，让它长在我自己的庭院里，这芭蕉也必然如此。那，毕老师呢？

诗意的获得，
诗意的保存，
对抗是必须的。

如果我们永远去区分，
我觉得这是对诗意的破坏。

毕飞宇

利用苏童老师说话的时候，我想了一下，生活里的诗意究竟是什么东西？我的结论是这样的：所谓生活里的诗意，就是"我"，自我。作为生活里面的主体、主人，你在生活里能寻找到或者建立起自我，无论是在时间还是空间中，你能找到、应对到、建立起那个"我"，我觉得诗意就会呈现，这就是你自己创造出来的诗意。

比如，现在我们生活得还挺好，挺富有，挺健康，你也非常强健。你让自己生活在可以和自己内心的强健相应对的高档、华丽、坚实、坚固、外张的空间态势里，当你走进这个空间，感受到这个空间是"我"自己建立的，是"我"按照内心自由的愿望物化为这样的空间，会说"我"寻找到"我"生活里的诗意了。也可以反过来说从这个空间里感受到了诗意，即"我"实现了自我关照，"我"找到了自己。

如果无法完成这一条，生活中大部分人，包括我自己，可以找到另一个非常有效的美学手段——象征。我上来以后突然看到这么多的麦穗——我们今天这个话题，是《收获》和酒鬼酒共同组建的"文学无界"的话题，我们寻找到一些元素，我们没有建构任何东西，仅仅把几个无聊的、零星的麦穗放在这里，它们不是大地，不是丰收，也不具备酒的芬芳，但是你们可以在麦穗上寻找到象征物，它象征着收获，象征着远方的酒。在这样的空间里，我们每个人进来之后，看到这样的物，虽然没有得到自我关照，没有得到满足，没有从周边环境中发现自我，但是我们的才能、我们的想象力通过象征满足了或者实现了我们内心的愿望，这就是生活里最大的诗意。

苏童刚才讲到了海德格尔，荷尔德林的那首诗很一般、很不出名，但那句"诗意地栖居"，海德格尔为什么花那么大的精力去谈论它，是有道理的。在现实生活当中，如果我们的内心能获得生动、力量，可以完成自我关照；哪怕没有满足自我关照，我们能够获得象征，诗意自然就来了。

苏童

我用最现成的说法，我们在这个地方，在酒鬼酒的车间里看见的麦穗，他说想象那是收获，就说酒。好奇怪，因为个人感受不同，我说的是看见，他说的或者是感受，或者"我"。他一到这个地方，就觉得空气不好闻；而我一到这个地方觉得空气充满诗意。一是因为我爱喝酒。二是因为小时候我家附近有一个酒厂的酒糟车间，这还是我童年的味道，莫名其妙地，我特别喜欢闻这个味道。

诗意最大程度上就是一种感受，这个感受需要被看见才能形成诗意，被描述、被接受才是诗意。

毕飞宇

我好像听你说过酒厂的事情。

苏童

诗意是想象，某种程度上还是怀旧、缅怀。怀旧本身就是一种诗意。

彭敏

苏老师说得特别具体，毕老师说得特别形而上。没想到两位老师从普通的生活中能观察出这么多哲理来。

我们常说，有了物质基础，才能实现精神独立。有没有一种可能，精神层面的丰盈其实不需要依赖物质层面的富足？或者说，精神层面的需求比物质更重要？现在很多在大城市工作的年轻人，似乎总有一种针对当下生活的虚无主义。我们永远都在努力往前冲，停下来就会特别焦虑，好像那个永远无法真正实现的未来才是我们应该在的地方；至于当下的生活，它很虚无，很苦闷，不是我们想要的。那么，我想问两位老师，如何用生活中的诗意，去对抗命运、对抗人生中的这种虚无呢？其实这也是我的一种困惑。

苏童

在今天这样的场合，我们谈论诗意的合理性或者谈论诗意这无用之物的用途，事实上，从某种消极的意义上来说，用诗意去对抗虚无，让生活会变得更加虚无。诗意能还房贷吗？当然不能。但是我们要诗意吗？没有一个人说不要。这就是刚才我所说的长在院子里的芭蕉，诗意就是被你保留下来的冬天里的芭蕉。在当今的生活中，我觉得很像它。我一直在想关于物质、关于精神、关于我们生活当中曾经有过的、或者被忽略的、或者被描述过的诗意，每个人都有很多故事。

我要以我的作品来谈论这个话题——物质与诗意，条件反射想起我二〇〇一年写的一篇小说《白雪猪头》。小说写的是两个母亲，两个多子女家庭的母亲。一个母亲是工人，她的特点是心灵手巧、会做衣服，就是业余女裁缝。但是她的孩子很能吃。在物质极度匮乏的上世纪七十年代，家里有一碗猪肉就是过节，你可以想象那样的生活。另外一个是肉店里剁肉的妇女，家里孩子更多。但是她的剁肉刀是一种权力，卖不卖给你，给你好的、坏的、冷（冻）的、热气的，她给你什么肉是她的权力，但是她不会做衣服。本来这两个母亲关系非常不好，但是又有一个女邻居，情商巨高，她跟这个母亲也好，跟那个母亲也好。她觉得要调和这两个女朋友的关系。她可以让这个心灵手巧的母亲给那个剁肉的母亲的孩子做衣服，那这个永远缺肉的家里也有肉——这是一笔交易，这是用物质做交易。背后是为了什么？为了孩子。我不会一直就这么写下去，这个交易就完成了。这个交易完不成，为什么？这个（心灵手巧的）母亲忙了一个冬天，把那个剁肉的母亲的孩子们的衣服做好送过去了，另外一个剁肉的母亲却调走了，不在案板上剁肉了，那前者就换不到猪头。这个母亲过年就在哀叹，忙了一冬天，原来可以拿两个猪头，现在泡汤了，那人调走了。但她又不能把送出去的衣服收回来，带着一种惋惜。我的结尾是这样：冬天，下雪，马上要过年了，做衣服的母亲家的小孩听到外面有人敲门，门一开，白雪茫茫，孩子们看见——那个离开了的剁肉的母亲拎着两个大猪头，猪头上全是雪。

为什么要说这个小说，就是特别吻合今天说的，诗意、物质、爱。大家有没有觉得，一个没有爱的人眼里是没有诗意的。为什么说脑子会跳出这个《白雪猪头》？因为它特别吻合今天的话题，白雪恰好是具象化的覆盖物质生活、世俗生活的一点诗意。猪头上的白雪，白雪下的猪头，就是诗意与物质、诗意与现实。我想通过这个故事反而能表达得清楚一点。

彭敏

这两者之间的衔接，是通过爱来完成的。

苏童

对，如果没有爱的眼睛，是看不见诗意的。

彭敏

太精彩了。毕老师。

毕飞宇

在我看来，诗意的获得，诗意的保存，对抗是必须的。刚才我反复强调诗意和"我"的关系，所谓获得诗意，通过对抗感受诗意，说到底，我觉得还是要通过对抗赢得自我。因为自我丧失了，就不再是诗意的问题，是生活和生存基本意义完全丧失的问题。人都丢了，还谈什么诗意呢？我们的对抗首先要从找到自我开始。

我有这样一个体会，当一个人处在无限无聊的时候，叔本华所特别强调的那个"无聊"，你在陷入无聊的时候，你对抗一下，你只要寻找到你生命里的动态，我们很快就会发现，生命里的动态充满诗意。因为无聊让你丧失了自我，你在动态里面找到了自己，诗意回来。反过来，你的身体处在不停的逐力过程中，始终在动、动、动，我们发现一刹那的安静会让自我回味，又会发现静充满了诗意。

对我来说，最有诗意的东西在哪儿？就是我在使用身体锻炼的时候，我克服了身体原先不能克服的负荷，这是诗意的。往回说，诗意从哪里来？首先是你克服无法克服的负荷，从根上说，勇敢者，或者加上苏童说的爱者，都是对抗。失去了对抗，完全把自己抛入外部的环境，让周边的一切把自己带走了，我觉得这跟尸体、走肉是一样的。我们没有人同意尸体和走肉是充满了诗意的，因而在对抗的过程中寻找到了自我是建立诗意的前提。

彭敏

永远去更新、挑战、突破，建立强大的自我，来赢得这个世界。

苏童老师和毕飞宇老师都是江南作家。外界对江南作家似乎有种整体印象，就是很温婉、很懂生活、很有文人气息，这种江南文人气质，是更偏向世俗生活一些，还是更富诗意一些？两位老师可不可以展开讲一讲对这一问题的看法？

毕飞宇

这个问题不好这么分，一定是一个个体的东西。我和苏童都生活在南京，但我们两个人个性气质相差非常大。所谓"南方的诗意""北方的诗意"，差不多在我看来是不能成立的话题。就区域而言，有关审美方面的差异是一定存在的。但是无论如何，我们要把它分为南方和北方、东方和西方、中国和世界，如果我们永远去区分它，我觉得这是对诗意的破坏。

我们在面对美、面对诗意、面对自我的问题上，真的要建构起共同的东西来。所以无论如何，人的审美趣味虽然有一些差异，但是建构人的美学观念的基本元素，不会相差那么大。比如我和苏童，个性气质有一些差异，但是我坚信，无论是对文学作品、电影、生活和世界，外部世界给我们内心带来的大致感受应该是差不多的，像孟老夫子说的"有同耆焉"，应该是类似的。

彭敏

这么有信心。

毕飞宇

对。

彭敏

苏老师？

苏童

刚才彭敏说江南文化，比如我是苏州人，苏州是一个特别具有标签性的城市，会给人带来很多联想词：世俗的、消费的、细腻的、吹毛求疵的那种生活。当然，市井文化和区域文化有关系，有一种水乳交融的关系，但又不是 A 可以取代 B 的。苏州的文人会有像周瘦鹃、范烟桥、程小青等一批，你看他们的作品与一省之隔的浙江的鲁迅、茅盾等作家的作品，对比一下。大家都属于江浙，从地域上来说文化是一个东西，但是事实上他们太不一样，这不是我想说的重点。一个作家，终其一生都在修改别人的遗嘱变成自己的遗作。文化的清洗、浸染和传承与地域密不可分，但是一个作家真正的精神脉络，来自他的阅读、来自他的文学影响，不是来自苏州面条与杭州面条的不同。我认为本质上是这个问题。

苏州也是重物质的。我记得小时候我们对门有一个邻居，以前是开药铺的，后来开不成了，下放到苏北好几年，后来又回来了。这家人生活其实是蛮拮据的，但是拮据成那个样子，也非要到最有名的黄天源——他不会骑自行车，一个老头，他是走路走到市中心——吃那里的糕团。他知道哪天有苏州最有名的双酿团子——这不是每天都做的，说明他很熟悉了——早上兴冲冲地出去，中午嘴巴油光光地回来了，他一天最幸福的时刻完成了。你说这是物质吗？我觉得不是，这是精神的。对他来说，双酿团子是唯一的诗意，他对荷塘月色、对"独钓寒江雪"是没有兴趣的。我举这个例子是说，物质与精神不要把它这样区分，有些物质性的东西有可能是抚慰性的、精神性的，甚至带着诗意的。那个双酿团子不是物质，是他人生中享用的诗意，而且可能是他的依靠。这个老人一生很苦，他依然这么爱吃、这么讲究，年轻时是讲究的，老了是"穷讲究"。

彭敏

我们生活当中有这样的小小念想，把它实现，其实也是一种诗意。无论是温暖地活着，还是人生的诗意追求，其实我们这里阐述的主旨，都是一种积极向上的人生观，立足现实，力争上游。在获取人生经验、追寻生活意义的同时，再给生活以回馈，用诗意关照现实。两位老师可不可以稍微做一个总结，如何过上一种诗意的人生？如何用诗意关照现实？

苏童

我一总结就是芭蕉。（笑）

毕飞宇

我来总结。过去这三年，疫情，大家都知道，我什么事都没有，每天都待在家里，看着家里喜欢的物件，就这么过来了。时间久了以后，我发现一个问题，我甚至都怀疑，世界上还有没有我这么一个人？每天关在那儿，做相同的事情，以相同的节奏过同样的生活，闭关起来了。终于有一天，我每天给自己做一道功课，就是睡觉之前什么都不看。手机也不看，音乐也不听，电视也不看，书也不看，什么都不做，坐在椅子上静下心来，告诉我自己，我是我。

为什么要做这样无聊的事情？我和太太两个人在家里被关起来的时间太长了，重复的时光太多了。我也不记得那个长得像我太太的人是不是我太太，我也不知道她眼中的我是不是（原来那个）我。所以晚上花固定的时间，告诉自己、提醒自己，我是我，凝神静气地，用这样一个最原始的方法、近乎没用的方法告诉自己。哪怕是极其困难的、疫情如此严重的情况底下，在我们每个人都失去了时间和空间的时候，找到自我并寻找到自我的意识，对一个人来说是多么关键。

说到这里，如果一定要给自己做总结：寻找诗意，还是从找到自我开始。实在找不到，强迫自己去找。

彭敏

毕老师一直强调找到自我、建构自我，可能就是因为这个世界变化得太快，外界对自我的摇动太过强烈。

毕飞宇

我可以讲，大部分人已经没有自我了。在这个时代，甚至我怀疑我自己也没有自我了，所以我才要做那个功课。今天选择这样一个题目特别重要，通过诗意的问题看到我们面临的是一个更严峻的现实问题，很重要。

彭敏

我们如何在纷纭的人生当中，能始终坚持着一些东西？在变幻莫测、后会无期的生活当中，我们给彼此一些温暖和宽宥，然后把自我建构得更加稳固，我们人生之路才会走得更加坦荡和安心。

温暖地活着，更多的是追求实际，是炊烟袅袅、油盐酱醋；而在人间烟火气中，注入文学的熏陶，才能感受生活的纹理、人生的质地，这便是文学带给生活的礼物。当然，除了讲求实际之外，人生还需要更多形而上的追求，需要不停仰望头顶的星空，扪心自问胸中的道德律。

文学可以在现实和星空中自由穿梭，给生活很多想象空间，抵达诗意的境界。一个人除了今生今世之外，还需要诗意的世界，构筑诗意的生活。诗意的生活不需要你把三百首唐诗宋词倒背如流，只要在邂逅一朵小花、一片晚霞的时候，你停下来很久没有前进，暂时忘记了备忘录里密密麻麻没有完成的事件，这个瞬间就充满了无穷的诗意。

好了，第三篇章到此结束，也感谢两位老师带来的分享。

留下那个芭蕉，我就让诗意活着了。

一个作家，终其一生都在修改别人的遗嘱变成自己的遗作。

命运的脚本

篇章四

◆ 我冒着考不上大学的风险开始写作，可以说我是亲手把我命运的剧本给撕了的人。

◆ 我特别渴望面对他人说话，特别渴望别人来分享我的内心。

◆ 在虚构当中去关注，在关注当中去虚构。

◆ 你在任何时候都可以爱文学，可以去写，享受自己的才能，享受自己的创作过程。

苗炜

◆ 你在现实生活中经历的一切并不是百分之百。
◆ 大家都说同一个词的时候很麻烦，因为我们每个人对它的定义不一样。
◆ 我越来越相信不是每一个人都会对一件事情痴迷的。
◆ 现在我可以和小说里的人物待一会儿。

彭敏

大家好，我是彭敏。"心如原野，文学无界"。这里是由酒鬼酒、《收获》杂志共同发起，"微信视频号"独家呈现的"无界文学夜"。我们邀请到了作家余华、阿来、贾樟柯、毕飞宇、苏童、李敬泽、梁晓声、笛安、淡豹、韩少功，以及《收获》杂志主编程永新，这些文坛大咖和新锐作家一起，聊聊文学、聊聊生活。

首先，想先在这里跟大家说一声抱歉，我们的双雪涛老师因受伤无法来到现场，所以我们这一篇章再次请回毕飞宇老师，他将和笛安老师一起和我们聊聊文学，聊聊生活。我们先请两位老师来跟大家打个招呼吧。

毕飞宇

大家好，我是毕飞宇，我来自江苏，在南京大学工作。

非常高兴能够返场，和我亲爱的笛安小侄女来谈谈文学。谢谢大家。

笛安

大家好，我是笛安，我写小说。今天是我第一次参加"微信视频号"的活动，非常荣幸能参加"无界文学夜"的活动，也很高兴能重新见到毕飞宇老师，能和大家交流。距离我们《文艺风赏》杂志给毕飞宇老师做杂志专访，已经过去十年了。

毕飞宇

十年之前，十年之后。

彭敏

十年之后，精彩依旧。按照惯例，我这里继续给大家抛砖引玉，在开头给大家引出一道思考题：学了很多道理，可还是过不好这一生，文学算不算只是给了我们很多大道理？面对原生家庭、内卷、阶层固化这些现实里坚硬的东西，文学能不能归置、梳理我们的人生剧本？或者说，又是谁书写了我们命运的脚本呢？

笛安

其实我一直都——从我小时候非常喜欢阅读的书开始——觉得文学不一定要给人提供什么解决问题的办法，文学也不一定要告诉人们应该怎么做就是对的。至少我个人一直不是这样理解文学的。我认为文学有时像是一个朋友，甚至像住在同一个病房的病友一样，它在告诉你，你的痛苦其实我是知道的。你在这种交流中，觉得好像有人跟你的处境类似，你们可以彼此感同身受，起这样一个抚慰的作用。这是我理解的文学对于人生的最初的印象。

毕飞宇

我觉得我的人生是有剧本的。我的父亲是一个语文老师，当然他后来倒霉了，倒霉了以后，特别渴望我不要从事他的工作。我父亲同时还是一个物理的发烧友，他特别喜欢自学物理，所以他很早就给我规定了计划，将来要学科学。高考恢复之后很自然跟我讲要学习好数学、物理、化学，将来能到北大去读物理系，这是他作为一个乡村教师给我的剧本。但是我热爱文学，哪怕考不上大学。

后来又恢复高考了，他就不停止地抓数理化，特别希望我去北京大学读物理系，可是我的父亲忽略了一个事情，他给了我剧本，但是他忘了他还给了我基因，就是热爱文学的基因。我冒着考不上大学的危险开始写作，可以说我是亲手把我命运的剧本给撕了的人。

彭敏

那我觉得我非常幸运，我爸爸妈妈对中文系完全没有任何概念，也不知道将来要面对多少的困顿，所以我要报中文系的时候没有人阻止，因为他们不懂。（笑）

两位作家老师可能都有过把自己成长过程中的所见所闻、或者生活过的地方，写进小说的经历。我想问一下，你们的成长道路、人生印迹对你们的创作都带来了哪些直接的影响？

笛安

我觉得每一个写小说的人，他的创作，尤其在最开始的时候，肯定是自己人生经历的某些事情，这所有的体验的总和给人造成了冲击，让他开始有表达的欲望。我认为你问任何一个写小说的人，最初的开始都是这样的。年少的时候或者年轻的时候，在人最热烈的时候，可能他经历的任何一件事都可以重塑他的世界观；或者世界观还不存在的时候，最初的体验和经验都在塑造他。

这几年，我一直思考一件事情，文学其实是一个含义很广泛的词，对每个人而言意义是不一样的。你热爱文学的哪一部分，每一个职业作家的理解都不一样，每个人的经验也不一样。对我来说，我自己最爱的就是文学里虚构的那一部分。我对虚构有持之以恒的热情，而我自己也不是特别能理解为什么。

我觉得自己在很小的时候就没有百分之百活在眼前的世界里，头脑里只有跟自己有关的世界，这无形中训练了我一件事情，但我当时还不太知道——就是（原来）我没有那么在乎我在现实世界里经历过的不好的事情，或者类似的挫折，但是小孩子（也）没有什么了不得的挫折。直到今天这让我养成了个（思维）习惯，就是你在现实生活中经历的一切并不是百分之百。有一个世界也许是这个现实生活动不了的，那个地方永远跟你自己有关，是你幻想的那个世界，真的是只跟你这个人有关。你愿意让它跟现实世界发生关系是可以的，你不愿意也可以。这无形中可能塑造一个人的性格，至少从我很小的时候起（是如此）。我认为最早发现这件事的是我外婆。她说过一句话："我也不知道这个孩子怎么回事，她有时候好像觉得谁都和她没关系一样。"这是真的，当然这是老人的一种语言的表述。实际上，对我而言，我其实挺早的时候就相信一件事，即我头脑里的世界都是真的，后来开始看科幻小说才知道有平行时空这回事，小时候也没有这个概念，但我一直有这样的信念。这个可能就是造成我后来从事以虚构为生的职业的起点。我很少跟人交流这件事，可能今天（谈这件事）太晚了。

彭敏

放下了所有的防备。感觉自己有很多分身，既生活在这里又生活在那里，这样活得很丰富。

毕飞宇

笛安讲得特别对，有一些人就热爱虚构。当我们提起一些作家、一些艺术家的时候，特别喜欢这样讲，某某人对某件事情特别有才华；我觉得如果把才华往前推一步，会发现另外一个东西，就是神经类型。热爱写小说的人，从他的神经类型来讲，相对来说就是自我的。他的瞳孔很难聚焦，尤其是面对现实的时候，他聚不了焦，他散着光，在自己的内心还有一个瞳孔，他那个瞳孔非常聚焦。如果我们把这个散着光的瞳孔往里看，看到内心聚焦的瞳孔的时候，我们就可以把它命名为虚构，或者在虚构当中去关注，也可以说在关注当中去虚构。我们这种神经类型的人，包括笛安的爸爸李锐和妈妈蒋韵，包括我，包括笛安，我

相信都是这种神经类型的人。

前面说到了家庭、原生家庭。我要承认我在写小说的过程中，原生家庭对我多多少少是有影响的。这个影响不是说我把家里的故事拿出去卖，并不是这样。而是家庭里特定的一些点，比方说我父亲家庭的破碎、我母亲家庭的一些特殊情况，包括我父亲和我母亲的结合，这些事情决定了我对什么感兴趣——对种族延续、生命延续这些东西特别感兴趣，容易亢奋。我刚才讲才华后面有一个东西叫神经类型，如果你这样说，我们也可以这样定义一个人的写作能力或者才华，那就是兴奋点。他面对某些东西之后，他容易兴奋，这个兴奋也不是脸上有什么表情，或者一定要去做什么事情；而是很可能在夜深人静的时候，一个人面对自己的时候，这些东西替他打开了另外一个世界，他在那个世界里面鲜活起来了，他看到了本来不该他看到的东西，那些本来也没有的东西一下子都来了——就出现了这样一个说法，上帝拿着你的手在写。所以原生家庭对人还是有影响的，如果我不是在这样的家庭里，我依然会写作，但我年轻时候写的作品、这个目录很可能不一样。

彭敏

这里面有很多偶然的因素是我们自己不能把握的。两位的创作，多多少少都改变了自己的人生走向，能否谈谈创作是如何改变自己的人生走向的呢？

毕飞宇

特别简单。我觉得命运这东西是老天爷决定了一部分，另外一部分是通过写作你能清晰地感觉到命运之神在摆布。就说今天晚上，笛安来做这个节目，本来现在我可以回酒店做梦去了，但没有，我和笛安坐在这里。你可以认为是极其偶发的事件，但是背后是有命运之手的。

我和李锐、蒋韵的关系极好，二〇〇四年我们去法国巴黎去参加书展……

笛安

我记得，那是我跟毕老师第一次见面，那时候我还在上小学。

毕飞宇

一进去酒店大厅里面，我看见蒋韵和李锐身边站了一个非常漂亮的小姑娘，我就知道那是他们的孩子，走上前去，蒋韵说叫叔叔——那个酒店大堂里面的地砖是酱红色的——她喊了一声叔叔，然后此生我就有了这样一位侄女。

如果蒋韵、李锐、我不写作，这一段命运就不存在，我写作了就必然要跟李锐见面、跟蒋韵见面；如果这孩子不写作，她的命运、人生轨迹就在其他道路上，她又选择了写作，就又跟我认识了。后来美国爱荷华大学 IWP（国际写作项目）五十周年请我过去，是二〇一七年，我刚刚做完手术，刚刚能走动，飞到了美国——欸！那孩子在那儿。

笛安

又是我。（笑）

毕飞宇

活动组织方安排了一个节目，我们中国作家面对美国读者，还是我们两个人。我用的是汉语，她说了英语，讲了一会儿，说我的英语还是不如我的法语，我们说法语吧，然后在那里聊。你看，本来今天应该是她跟另外一个作家双雪涛在这里，结果双雪涛踢足球受了一点伤，所以你看我和我的小侄女，因为写作，命运很神奇地把我们两个人放了这儿，面对着观众朋友们。你不能说这是我努力的结果，也不能说是笛安努力的结果，都不是。这就是文学的命运之神用指头做了一个小小的拨动，导致了此刻我们这样的一个节目，很有故事性。

彭敏

一次一次的重逢。

毕飞宇

一次一次。我很喜欢笛安，不仅作为一个孩子我很喜欢她，作为一个作家我也很喜欢她。

彭敏

希望将来你们还会因为种种元素会再一次重逢，只是希望双雪涛老师不要因此再受伤了。

感谢两位老师的分享，非常诚恳。

这样看来，人生是充满着偶然因素的，做自己命运脚本的主宰并不容易。两位老师有没有想过，如果没有当上作家，自己现在会是一种什么样的生活状态？或者说，有没有想过平行空间的自己拿到的是什么样的脚本？

笛安

我必须要说这个问题对我真的构成了一个问题。

首先，我更正一下，我二〇〇四年的时候不是小学生，自我麻醉，喜欢把自己年纪说小了，但是那时在上学，也已经开始写作了，那个时候我不知道自己能不能成为真正以此为生的作家。对我来说，这个问题开始变成特别焦虑的点是在几年前，可能距现在六到七年之前，因为我确实得承认作为一个写小说的人，我的旅程是很顺利的。十九岁的时候开始写，我发表第一篇作品的时候二十岁，是的，《收获》。非常早，等于是还不太清楚想做什么的时候，我就开始写作了。所以，几年前，这个问题对我来说变得特别重要。我在问我自己，那个时候特别早地就开始了（写作生涯），我的人生还有没有其他的可能？说白了吧，我在想我当初是不是选错了，这个事情我是真的想过的。想象一下平行时空的自己是怎么样，对我来说不是还挺浪漫的事情，不是的，我是真的有过这样的疑问，而且隔几年就有。也不完全是自我怀疑，我对自己写过的作品总体而言还是没有什么怀疑，只是在想这条路对我来说是不是不对的，我还有可能做什么；或者说我没有去写小说，是不是会成为完全另外一种人、另外一个人。这对我曾经构成非常重要的问题。

当然，也许因为我在大学时学的是社会学专业。我非常感激这个专业，至今给我了一个非常重要的去思考事情和看待问题的角度。我一直认为我很多的人生观实际上是被我一门学得最不好的课改变的，就是统计学。虽然我学

很可能在夜深人静的时候，一个人面对自己的时候，这些东西帮他打开了另外一个世界，他在那个世界里面鲜活起来了，他看到了本来不该他看到的东西，那些本来也没有的东西一下子都来了。

得不好，但是我看待很多事情的角度是被它所塑造的。如果我没有去写小说，或者就去做学长、老师、学姐介绍的工作，那我会在某一个办公室的某一张办公桌后面编问卷。这很有可能发生，因为我就做过问卷。很多时候大街上会有人拦住你说"不好意思，您帮我填一下问卷"，那些东西都是有人去做的，那些问卷是有人编的。我可能就是那样的人，我就设计这个问卷，每一个问题，我为什么要这么问，设置这个问题的目的是什么——那就是完全不同的一种生活。如果我选择那样的生活，那个人会是什么样的人，会不会是完全另外的活法，甚至会不会更快乐，状态会不会完全不一样？但是那个时候的我可能也会羡慕一个小说家，因为不用上班了嘛。（笑）

　　我为什么会想回答这个，因为这在我的人生里面确实构成了一个真正的问题。但我也知道我可能是回不了头，不管对错现下已经没有重新开始的机会，我肯定会写下去。并不是在抱怨，没有说写作不好的意思，我在写小说的时候，还是对自己非常满意的。但是有的时候写作和我的人生之间是什么样的关系，我到现在还不知道，我只是想这么说。

彭敏

笛安老师的想法肯定很多人都有，因为面临的人生选择太多了。让我想起美国诗人弗罗斯特的一首诗 ，林子里有两条路，我没有选择的那条路是不是会有更多的风景。

毕飞宇

彭敏刚才问，如果我不写作……

彭敏

北大物理系。（笑）

毕飞宇

问"会怎么样"，只能说明一个问题，彭敏对我不了解，如果了解了以后，这个问题就是另外一个问法。我从高中开始热爱文学，是高中生；然后做了大学生，在做大学生的时候没有人叫我作家；然后我毕业以后去了南京特殊教育师范学校，当了教师，到了后面几年就已经有人叫我作家了；然后我到了《南京日报》做了记者，我是记者、作家；然后我去了江苏省作家协会《雨花》编辑部做编辑，我是编辑、作家；后来又去了南京大学，我是南京大学教师、作家。我罗列这个就是要告诉大家一件事情，到现在为止，我一直是一个业余作家。我的人生不管怎么动，我靠什么生活、做什么职业，我永远不会放弃写作。至于我能写到什么分上，另说。

对我来说，我写作是有我的终极目标的。终极目标是什么，是不容易被改变的。我特别渴望面对他人说话，我特别渴望别人来分享我的内心。这就需要一个渠道，当年没有网络，那这个渠道是什么？是刊物，是出版社。我的终极目标就是我把东西写好后，只要有刊物给我发出来，我的目标就完成了。完成了之后，当然还有利益，有稿费，有得奖，有知名度，有社会影响力，受人尊敬，这些都很好；但是如果没有这些，我依然可以达成我的终极目标，就是把我的作品通过刊物、通过出版社、在今天通过网络，让别人能走进我的内心，让我拥有走进他人内心的能力，我依然能做到。

所以我给彭敏的回答是：不影响，没问题。我会死心塌地、一意孤行，在写作这条路上走下去，无论我做什么。

彭敏

在写作这件事情上，毕老师一开始想要的并不多，只是享受写作本身。

毕飞宇

我至今就是渴望作品能够顺利出来，到读者手上，就行了，就这个目标。

彭敏

这也给我们年轻人一个提醒，就不要患得患失，把自己真正热爱的事情做好就行了。

人生的原始剧本没办法改变，但是对平行空间自己的想象，其实是后天的一种努力和向往。如果年轻人不喜欢自己的人生剧本，应该怎么办？两位嘉宾对他们有什么建议？

毕飞宇

我自己的人生体验是这样的，一意孤行走到底，走得还挺好。但是我特别不愿意把自己所谓的成功作为人生的经验、人生的教条，贩卖给别人，尤其是比我年轻的人，然后站在一个特别漂亮的点上说，"你看我能做到，你为什么不能做到呢？"这个话我永远不会说。为什么？这不是个人能力的问题，也不是努力和不努力的问题。每个人的空间不一样，时代不一样，外部的环境不同，整个大环境给你的外部条件、可能性都不一样。当一种条件、一种可能性在这一代人可以轻易地实现，时空换了，条件换了，你可能就得换。天气降温了，很冷，你穿上羽绒服就出去了；如果你拿羽绒服出去，正好遇到夏天，四十二度，你说拿个羽绒服干啥？我觉得，在今天这样的时代，年轻人的机会多一些，还是要更多地去观察，然后如果真心喜欢什么东西，倒未必把这个东西当成自己的饭碗，爱什么尽管去爱呗，花时间去做吧。如果此刻有年轻人来看我们的节目，听我们聊文学，我倒不一定希望你们去做职业作家。你干任何事情都可以爱文学。你男朋友、女朋友、你的丈夫、你的太太都不会反对。你在任何时候都可以爱文学，可以去写，享受自己的才能，享受自己的创作过程。

彭敏

就是说可以喜欢毕老师，但也要清醒地认识到他的成功不可复制。

毕飞宇

倒不是不可复制。时代不一样了。

彭敏

未必可复制。

毕飞宇

时代不一样。比如我们这一代人，我们当时是单位分房子的，分的房子拿六平方米出来做书房，在里面写作很容易。但你让今天二十七八岁、三十岁的年轻丈夫拖家带口，贷款买了房子，拿稿费去还按揭，我觉得太残忍。

笛安

我也觉得确实如此。刚才你问的问题，我的很多读者也问过我。我的读者相对年纪轻一些，十年前可能小一点，十年后很多读者也长大了，离开学校开始去面临变成大人所必须要面临的一些事情，我能从很多人给我私信的问题里感觉到很多变化。我一直认为我给不了任何人建议，但是我觉得一个人可以在工作之外有一个真正的爱好，这是挺重要的一件事——你喜欢什么都可以，根据你自己的能力、不要太烧钱的那种。

一个人有一个爱好，或者因为这个爱好，他会交一些和日常生活与工作里不一样的朋友，这对人的生活来说是很重要的事情。有一个喘息的空间，这个很重要。当然这也不算建议。你说什么叫热爱呢？我越来越觉得，大家都说同一个词的时候很麻烦，因为我们每个人对它的定义不一样。我越来越相信有的人可能就不热爱任何事，不是每

爱什么尽管去
爱呗，然后你
花时间去做。

会死心塌地、一意孤行，
写作这条路上走下去，无论我做什么。

一个人都会对一件事情痴迷的，因为每个人生理构造不一样，大脑的构造不一样，所以用"爱好"这个词表达会中性一点。

彭敏

很精彩的回答。

两位老师其实是做了自己命运脚本的编剧，有很强的精神属性和智慧推动自己前进。那么，毕飞宇老师和笛安老师对现在阶段的自己是否满意，对自己的创作状态是否满意？理想中的作品或者创作状态是什么样子的？理想中的人生剧本又是什么样的？

毕飞宇

虽然我也特别愿意说一句漂亮话，我最好的作品还没有写出来，下一部，这个漂亮话我愿意说，也重复过。但我觉得还是博尔赫斯说得好："要写你能写的小说，不要写你想写的小说。"博尔赫斯的这句话在我雄心勃勃的时候，要渴望自己成为举世瞩目的大师、大文学家之前读到，我觉得这句话就是他对我说的，他看不见我，但我觉得就是他看着我的眼睛对我说的。因为我在相当长的时间里干过这样的事情，尽想写、尽写自己想写的东西，把自己搞得特别累，效果还没那么好。最后发现，写自己能写的作品是多么重要。"能写"不仅仅是和能力有关，其实跟你的生命，跟你周边所处的文化、环境、精神背景都是紧密相关的。

当然，博尔赫斯的话显然也不一定是真理，有的时候必须克服该克服的困难，必须有内心向往的东西。但是我们永远要告诉自己的是，我们是写小说的人，你就是你，你很难跨出自己的精神属性，去完成那个不属于你的作家。你可以在写作过程当中不断完善自己，给自己提出新的要求、新的期望，让自己进步；但是你一定要去让我做莎士比亚，我会告诉你，抱歉，做不了。

彭敏

不断地超越自我，更新自我，但是也仍然要认识到某一种限度的存在。

笛安

我对自己目前的创作状态是满意的。我觉得我是经历了挺长一段时间的不满意之后，最近终于有一点满意，也不能说有一点满意，最近还算是挺满意的。我刚刚写完一个长篇小说，我知道有人弹幕会催，我也不知道什么时候上市，快了快了。我最近写完的长篇小说，为什么会说对自己满意，不是说我写得多好，也不是说我有多大的进步，不是的。只是我在写这部小说的时候，我是快乐的，是非常轻松的快乐——让我觉得现在我可以和小说里的人物待一会儿，可能今天两三个小时我能和他们待一会儿了。开始觉得在允许自己信马由缰的时候，我发现我做到了一直要求自己做到的事，也不是做到全部，毕竟日子还很长，但是我觉得我在接近我想要写的那种小说。我很难用语言表述它是什么样的，或者很难找现存的文本去类比，好像不能够特别准确地告诉别人这是一个什么样的作品，只能说在我心里无法形容，可能是因为"只缘身在此山中"。但是我刚刚写好的那一部作品有没有接近它一点，我觉得是有的。写的过程中是能听到契合到的声音的，让我还是挺开心的。自己跟自己较劲一段时间，然后你放弃了较劲之后状态会放松，相对松弛的时候，开始好像听到刚刚写好的作品比以前的有一些更加复杂的声音和节奏了。这就是我对自己比较满意的部分。

毕飞宇

我补充一下笛安说的，她说她自己是快乐的，我特别欣慰。一个写作的人，在写作当中快乐、找到自己，真是一个开心的事情。为什么要补充？很多人可能不太理解这

个快乐，以为这个快乐是整天在那儿傻笑、嬉皮笑脸，还真不是这样。这个快乐包括你因为书中的人物，你为他心碎，为他不停流泪，你痛苦不已，这个是作家的快乐。

彭敏

笛安老师说可以和小说里的人物待一会儿，我觉得这句话是非常美好的。和两位老师在这个美好的夜里待了一会儿，也是非常美好的。

毕飞宇

我和你待了两会儿了。（笑）

彭敏

文学自有千钧之力。套用一位诗人的名言，文学也许不能改变我们的命运，但它能改变我们对命运的看法。有了文学的陪伴和加持，漂泊的浮云就有了稳定的方向，闪烁的星辰就不会迷失在浩渺的夜空。即便命运的脚本要遭到太多粗暴的涂抹，奔腾的潮水中也会有我们挺拔的身姿！

好，《命运的脚本》这个篇章到这里就结束了。谢谢两位老师。

有一个真正的爱好。有一个喘息的空间。

我对虚构有持之以恒的热情。

篇章五

文学的礼物

◆ 文学在扩张你，在丰富你，在把你变成另外一个人。

◆ 文学在我身上发生的事情，有的时候你要说是奇迹，好像也不是太过分。

◆ 文学的内容无所不包，就需要我们不断学习。

◆ 我们有没有写出真实的生活、真实的现场。

◆ 我们每个人，即使拥有太多的旅行，可能我们所看到的世界也是窄小的。

◆ 文学是打通我们精神通道的方法。

◆ 文学所分享的启发赋能给全社会。

◆ 我们对一件事情的反应不应该是一种反应，不应该是统一的动作。

彭敏

　　"心如原野，文学无界"。这里是由酒鬼酒、《收获》杂志共同发起，"微信视频号"独家呈现的"无界文学夜"。这个篇章，我们将邀请阿来、贾樟柯，一起聊一聊文学的力量、文学给生活带来的礼物。我们首先请两位老师跟大家打个招呼吧。阿来老师。

阿来

　　大家好。

贾樟柯

　　大家好，我是贾樟柯。

彭敏

大道至简，欢迎两位老师。

"文学的礼物"是一个听起来特别温柔又充满朝气的话题。每个人的生活都需要一个精神的支点，文学在很多人的生命里就是这个支点，它像一份不期而至的礼物，给我们带来了很多意外的惊喜。在开始今天的文学对谈之前，我想先给两位老师一个追忆似水年华的机会，文学照亮了什么？文学对两位老师的人生，产生了哪些重大的启示呢？

贾樟柯

说到文学，我自己最初接触文学作品应该是在七八岁的时候。那个时候可能跟中国很多孩子一样——因为我父亲在中学教语文，他很喜欢古典文学、古典诗词——从唐诗开始（读），再大一点（读）宋词。等我能阅读之后，发现家里仅有的图书几乎是古典方面的，所以我自己是从接触古典文学开始的。上初中阅读能力更强一些之后，非常感谢我的班主任，也是我的语文老师，他看我比较喜欢文学，就开始借我一些书看。那个年代首先开始接触了当代文学，因为那是文学非常活跃的时代，他推荐给我看当时比较重要的作品，这里面包括上世纪八十年代活跃的路遥、郑义这些作家，都是那个时候阅读的。再大一点就开始读"沈从文"这些经典文学，一步一步地，很自然。对我来说，那时候也不是想做文学家或者是从事文学创作有关的工作，我觉得它就是孩子们的一个礼物，像今天的孩子们发现一款游戏、发现一段视频一样。那个时候文学跟人的关系非常轻松，有很多小说也不是一口气读完，读一读放一放。有的小说一气呵成你可以看完，有的小说有时候读一读就放一下，这个情况比较多地出现在（读）外国文学（的时候），因为外国文学里有一个障碍，里面名字老记不住，（笑）老颠三倒四，看着看着就看不下去了。这点也非常重要。等你心智再成熟一些，有一天突然比如想看《红与黑》《巴黎圣母院》，回过头来看也喜欢看，也能记住这些名字。我很喜欢这样一种和文学相对轻松的关系。

彭敏

文学像一束白月光照亮你的童年。

贾樟柯

用常规的说法来说，我们有一个物质的世界，人肯定也是要追求一个精神的世界。随着年纪的增长，才渐渐成熟，但一个孩子也是能够感受到文学的魅力和光芒的。哪怕从一首简单的唐诗里面也能学到某种看到对待事物的独特的方法。比如说某种修辞，我们看事物一般是千人一面一个观点，但对同样的事物艺术家有他们的修辞来达到多角度的呈现。比如我们从来没有想象过描写河水可以说"黄河之水天上来"，可以从天上来，对于一个孩子来说，这种奇异的想象就是一个礼物，（文学）教会我们去想象。

彭敏

世界是一样的世界，但是被不同的人表达出来就大不一样了。阿来老师呢？

阿来

我自己的经历有点特殊，我出生在一个不讲中文的小山村。小时候除了学校教材以外，没有什么读物，也没有接触过文学，也没有听过文学这个词。一直到初中毕业，到七七年恢复高考，进了正规点的学校，发现学校居然有一个图书馆，图书馆一打开，跟我们原来读的那些书完全不同：七十年代末思想解放，都是打了封条的书又重新开放了，主要是中国的古典文学和西方文学。这个时候读，突然对这些书产生兴趣，是有点儿疯狂地读。有时候借书借不够，就跟图书管理员老师商量，你能不能晚上把我反锁在里面，假装把我忘记了，就这样去读。这样读就发现了一个世界——有善意的、美的情感也好，语言之美（也好），修辞（也好）——我们在"文化大革命"当中成长，说斗争，我们要警惕所有的人，要跟所有人，包括跟自己不断地斗争，接受的是这样的教育——这文学世界一打开，就打开了截然不同的世界，有温暖的、有美好的情感跟美好的表达方式的一个世界。

我觉得我从十八岁开始，可能一直到二十二三岁就没有停止过这种阅读，（也）不光是阅读。那个时候，书店要来新书，例如第二天要来托尔斯泰的书，很早就会贴预告，我们一个小县城，居然会有几十个人排很长的队买这个书；然后第二天卖苏东坡小选集，也会排很长的队，所以（我）也开始建立了自己小小的书房或者是图书馆。其实我（开始）写作是很晚的，但是文学阅读（于我）确确实实（更早地）打开了另外一个世界，照亮了另外一个世界，这个世界是有意思的，值得我们活下去的。

彭敏

因为生活环境的不同呢，贾樟柯老师对文学的爱是细水长流的，阿来老师是汹涌澎湃的。文学在进入我们生命中之后，最后会把我们引向什么地方，以两位老师来看，其实并不一定是同一处的，各有各的方向。两位老师回答得非常诚恳。

毋庸置疑，文学是有能量的，它能够照亮一些东西；但是我们又不得不承认，中国人一向追求经世致用，实用性的考量无处不在。文学到底有什么用？这样一种怀疑的声音似乎一直存在。很多作家会说，我们文学那叫无用之用，就跟《庄子》里面那个大葫芦、大树一样，所以我好奇，在两位老师看来，文学能产生什么样的生产力？文学有什么实实在在的用处呢？

贾樟柯

我觉得，文学，说得严肃一点，好像——我们今天正好是在吉首，在湘西的首府——我们用沈从文先生自己的话来说，他希望建筑一座小庙，里面供奉的是人性。我们几乎可以肯定，文学可以帮助我们了解人，帮助我们保持人性。人性非常复杂，包含非常重要的一些元素，像包容、宽容、好奇心、谅解，这些关键词、这些作为人所需要的以保持我们人的独特性的情感元素，文学都能够帮助我们理解，唤醒我们并维护这种人性的持久，我觉得这当然是非常有用的。我们作为世界上众多生物中的一种，有我们

我很喜欢这样一种和文学相对轻松的关系

文学可以帮助我们完善自我。

的普遍性和独特性，（而）人的独特性（是什么），人之所之为人，从这个角度来说，文学可以帮助我们完善自我。

另外一方面，我觉得，我们每个人，即使拥有太多的旅行，可能我们（所看到）的世界也是窄小的。而大千世界是非常宽阔的，它就有赖于不同地域、不同文化的作者，他们呈现出的文学作品让我们了解世界的多样性。就像我们吃东西一样，我们今天吃的很多东西都不是中国原产的，如西红柿、玉米、辣椒、香菜，（但）已经是我们中国人生活中食物世界里不可缺少的一部分了。文学也有同样的作用，让我们了解更多元的广阔世界，让我们知道世界除了我们目所能及、我们个体五官所感之外，生活在遥远地方的其他人也在用自己的五官感受世界。文学呈现了（世界的）多样性，而这个多样性让我们产生对广阔世界的敬畏。这些东西我觉得都是非常重要的。

彭敏

文学是一种眼界、一种心声、一种底层逻辑，也是一种后台系统。

阿来

我们讨论的这个问题比较麻烦，光说文学有什么用；

如果我们指向的是情感建设、人格建设、美学建设，那当然是非常有用的。但是今天我们这样一个消费社会，包括很多从事文化工作、文学工作、文艺工作的，恐怕也不认同这些是所谓文学之用，大家可能想到的是更多具体的、物质的、功利的目标。

对我来说，年轻时代，二十二三岁写作，用几年时间读了一大堆书以后，开始尝试创作冲动，而且还不只是我自己。那个时候出来的、在一个中学教书的人，大部分都在写，不管是什么专业的人，学数学的、学地理的、学外语的，就我一个人不写，但我读得最多，后来受影响当然也开始写。大概到三十岁，写了七八年，也写了一两本，这个时候就开始考虑这个问题：我写这些东西干什么，有什么用？如果我们对社会有怀疑，它对社会起不起作用，更重要的是对我自己有什么用，出名吗？挣钱吗？那个时候挣不了那么多钱。出名吗？发表两篇作品，大家叫你一声诗人、作家，如此而已。后来到三十岁以后，我曾经有四五年时间一个字没有写，我不明白我要写什么，或者说我写作为了什么。但是这四五年时间里，阅读没有停止，然后还是尊崇古人的，游历没有停止，把阅读和游历结合在一起，杜甫说的，"读万卷书，行万里路"。后来我自己想通了，也许对社会没用，（但）也许对我个人来讲，可能是情感的、眼界的、自己个人修为的方面起了作用，它在扩张你，它在丰富你，它在把你变成另外一个人。

文学在我身上发生的事情，有的时候你要说是奇迹，好像也不是太过分。所以后来我决定，我要写下去，但是这个时候再写就比过去超脱多了，没有名利的打算，就是扩展自己的生命。到今天为止，就还是这样的想法，所以（对）市场的考虑、社会接受的考虑就少，而是说，我确实从事这样的工作，有这样的爱好、终身的爱好，怎么从这个爱好当中……确确实实，自己既然已经被文学改变，那是不是让这个改变来得更强烈一些、更宽广一些，把自己变成——最后看一看，自己到底跟过去牧羊的懵懂少年相比，是不是文学真正铸造了一个新的人。

彭敏

您熟练掌握汉语是什么年纪？

阿来

我语言天赋比较好。我上小学一二年级听老师（讲课）听不懂，或者听懂了（可以）考试，但是你自己有一个焦虑，明白语言背后其实还有东西，你并不真正懂，但是真正到三四年级的时候我克服了。我们生产队有《人民日报》，

确确实实，自己既然已经被文学改变，那是不是让这个改变来得更强烈一些、更宽广一些，把自己变成——最后看一看，自己到底跟过去牧羊的懵懂少年相比，是不是文学真塑造了一个新的人。

我读了所有"文革"期间的官方报道和文件。

彭敏

文学对两位老师来讲都有自我建构的作用，那个东西好像是看不见摸不着的，真正只有把自我构建到强大的时候，才能更好地去面对和改变这个世界。

阿来

杜甫说了，"诗是吾家事"，这就是成了我自己的事情了。

彭敏

两位老师的回答给我带来了很多的启发。不知道两位老师有没有过这种体验：小时候觉得某个地方离家特别远，长大后回去一看，天哪，这么近。那时候的生活半径其实是很小的，但是长大以后看到的这个世界就真的很大了，大到常常让我们找不着北，不知道自己的位置在哪里。幸好还有文学，可以给我们的世界一个精神坐标。两位老师如何看待文学作为精神坐标这样一件事呢？

贾樟柯

我想先接着阿来老师的话题再讲几句。因为阿来老师是专业作家，对自己的职业比较客气，我呢，主要是一个读者。实际上我们接近文学无非是两种方法，大部分人两种方法都在使用——阅读和写作。

对于写作者来说，因为我的剧本大部分是我自己写的，我也能感受到写作对个人的重要性。对个体的写作者来说，写作往往也是情感和精神的出路。我总会想我最初想写作的时候，确实没有任何功利的想法，往往是在非常不清楚的情绪之下，想坐在那儿搞清楚自己心里面究竟怎么样了、情感怎么样了，拿支笔，慢慢就变成了小作文或者小诗，到后来变成了剧本。我觉得那个时候文学就是打通我们精神通道的方法。可能我在县城里面生活，我们生活的年代里社会也挺乱的，我可能变成一个暴徒；但文学救了我，我的精神和情感有了出路，这是对于写作来说最可贵的基本感受。

对于我们所心仪的作家来说，应该是大江健三郎说过，作家就是这个时代的报信者，这个世界发生了什么问题、有什么新的动向，人类出现什么新的情况，最敏感地就会反映在文学家的笔下，（他们）把信息带给我们，这是多么重要的工作。我也一直觉得，不管从事文化工作还是经济工作，我们要思考这个社会、我们要了解这个社会的变化，往往很大程度上，（这种）敏感度来自情感。这个情感本身具有敏锐性，包括社会层面、经济层面，遇到要改变的问题，往往从情感出发是最敏锐的。从这个角度来说，文学所分享的启发赋能给全社会。

阿来

最重要的是，文学通过不同的题材接触到社会不同的面向。有些是写了经济生活，牵涉经济规律的问题；写到历史深处，又牵涉整个人类历史发展走向的根本性的问题。我的经验就是，不管写的问题有多么具体，但是我觉得确实我们需要一个更宏观的、更理论性的建构，学养要在那儿。

文学有时也带我们不断扩大我们的知识面——如果文学只是审美、语言、形式，当然这是文学之所以成为文学的最重要的东西——但是也有一个问题，它的内容无所不包，就需要我们不断学习。我记得爱因斯坦打过一个比方，人的知识像一盏灯，照亮某一个地方。知识少的人沾沾自喜，说你看我照亮了这里，但他没有反过来想，当你构建了一个照亮的地方，周边还有一个圆周，光明以外全是黑暗，就是未知；他说我们能不能多几束光，或者把光圈无限拓展，这就是人类知识的构建。我也同意我们做文学的人可能要学习别的专业的东西，走进大自然，学一点地理，

跟过去牧羊的懵懂少年相比，
是不是文学真正铸造了一个新的人？

我要写下去，
没有名利的打
算，就是扩展
自己的生命。

学动物学、植物学，在社会生活当中，学一点社会学，学一点别的东西，这样方便我们使用别的思想工具。

最后我还是同意（这个观点），德国古典哲学说，艺术是什么？文学是什么？人家说真善美，但说得比我们高级一点：善的动机、美的闲适、真的追求。"真"达不达得到不知道，但是我们一直在追求，这个出发点是善意的，希望人好，希望世界好，希望社会好，即便是比较尖锐的批评鞭挞，背后也是善良的动机。文学就是雅致的东西，从语言形式到里面包含的情感，这就是美的。当然追求"真"，这是爱因斯坦说的，外面未知世界，你的光圈越大，会发现跟黑暗的接触就越大。"真"是不是我们今天认为"真正"的"真"，不敢肯定，但是我没有放弃这样的追求。"真"的层面一是社会学层面的，追求的是我们有没有写出真实的生活、真实的现场；如果更往哲学意识、抽象层面讲，它追求的是人性当中最极致的东西我们写出来了没有。

彭敏

文学让您在追求和学习的路上根本停不下来，一直努力试图扩大自己的光圈。

阿来

孔子说，"学然后知不足"，确实如此。我觉得爱因斯坦的比方很形象。

彭敏

我们努力把光圈扩大，和外面的黑暗产生更加激烈的碰撞。阿来老师您做过很多年的科幻杂志主编，科幻是比较放飞的；贾樟柯老师拍了很多现实题材的电影，比较贴近地面。两位老师可不可以展开讲讲，对这两种不同形式的创作风格的理解。

贾樟柯

我最近在做一档科幻节目，《不要回答》，也"科幻"了一段时间。我记得做这个节目之初，很多人觉得贾樟柯做科幻不可思议，实际上是很"可思议"的。你对现实盯得久了，你肯定会对现实之外的时空有新的憧憬和新的希望。我自己觉得很奇怪，我在学电影的时候，最初筹备拍的几部电影跟现实没有什么关系。我特别喜欢武侠片，我那个时候写了好几个武侠剧本，我还改编过一个京剧《伐子都》，将它改编为现代故事，就是这样的创作热情。我是上世纪九十年代末大学毕业后开始从事电影工作，当真有机会拍电影的时候，现实的环境吸引我拍电影一直拍到现在。每个作者有自己时代的潜在的氛围，有人说是时代的要求，其实时代也没有要求，拍各种类型电影的大有人在，我自己是有兴趣在现实故事，特别是当代故事里面来耕耘。

我觉得我们刚才谈到文学的诸多作用，也谈到文学的坐标。我很认同阿来老师说文学里面有一个东西，是善的尺度。优秀的文学作品，里面都始终有一个善之心；另外一方面，特别是经过古典主义时期，特别到了后现代文学以后，文学又有一个非常重要的方法，就是反叛。这个反叛有对世俗、大众认知、主流社会的反叛，也有对文学传统的反叛，这也是非常重要的时代进步的精神。

文学，即使我写的是当代故事，在某种程度上，我觉得所有的文学创作都是超越、跨越时空的。不是说我们拍一个科幻片，到了未来才是跨越时代；不是拍一个古代的故事，到了古代才是跨越时空。在日常生活中，跨越、进入一个想象的世界，已经是一种穿越，这种进出是非常美的事情。你跟你想象中的人物见面，去跟踪想象的事件，去描述想象中的环境，这些都是写作和拍电影的快感，某种意义上又都是想象的尺度。从人的基本的善意之外，还有作为人的放飞想象的快乐。摄影机越是面对现实世界，越需要想象力。这是一方面吧。

再一方面，文学的思维本身可能是一切创造性工作的基础。前几天我也说过，人们一直说我们拍的电影是视听语言，但是我觉得电影萌芽的最初就是文学性的，不可能是视听性的，肯定是经过转化以后变成视听的作品，而最初的思维方法是文学性的。保持一种文学性的思维能力、思维方法，对于每一个人、对于大众来说是很重要的，因为理解任何事情都需要设身处地，只有设身处地你才能够客观，才能多角度，才能够正反两面思考问题。有时候我们说当下环境里面人的紧张、话语的单一，甚至也会因此担心我们国人把修辞能力丢掉了。修辞有比喻、明喻、暗喻、反讽、开玩笑等诸多的方法。我们对一件事情的反应不应该是一种反应，也不应该是统一的动作，我们应该用不同的修辞，从不同的角度阐释、理解一件事情，所以修辞的尺度也很重要。我觉得这是这个时代特别需要文学的原因。

彭敏

很多事情都是一样的，但是被不同的艺术家表达出来很不一样。我还很期待……

贾樟柯

比如同样一件事情、一个社会问题，我们可以同仇敌忾或党同伐异，我们也可以反讽它，开玩笑。为什么我们把这种能力丧失了呢？

彭敏

似乎只有一股洪流。

阿来

我做科幻考虑得很现实。那个时候我觉得我那个出身，我的知识背景刚好缺科学这一块。我不想当科学家，但是科学的常识要有。

贾樟柯

这跟我最近做节目的原因差不多。（笑）科学知识太少了。

阿来

经常说中国人缺乏常识。另外受到上世纪九十年代市场经济影响，还是要学一点如何做生意。那个时候我刚写完《尘埃落定》，觉得可以跟老家告别了，对得起老家了。当时就想到成都，当时三个工作（供选择），一个是到传统的报社，二是到电视台，那时正是电视节目红火的时候。

我选了第三个，说四川省有一个科学杂志举步维艰，因为当时市场经济体制形成，国家不给钱了，杂志要下海自己去弄（钱）。我说恐怕我愿意去——他们说这个人是傻瓜，电视台多好，一个月好几千，活也轻松——就去了，我就觉得补两课。一是补一个市场经济的课，不可能一来当大老板，但是经营一个杂志也是管理一个小公司。但更重要的就是，毛主席说从战争中学习战争，没上过科学课，所以得补上科学课。那几年读了大量科学方面的书，从生物技术到太空技术，算是打了一个底子。但是也很好，那个时候也是中国科幻的成长期，刚好就跟一批现在已经非常有名的科幻作家一道成长。从他们的第一篇小说一直成长，到我们这个杂志从几乎要关门到节节成长，到发行几十万份，后来我整整做了十年。我把所有一切都看成自己学习补课的途径，我想这些地方获得的营养最后都能帮助我在文学上来完成自己。

彭敏

您说的非常符合今天的主题——"文学无界"，没有想到您一直埋头搞创作，居然也可以搞经营。两位老师之前是不是有过"吕梁文学季"的合作？那次合作的感受怎么样？当时彼此有什么交流？

贾樟柯

"吕梁文学季"是特别美好的回忆。三年前，在我们老家山西汾阳贾家庄，一个村子里面，村子里有两千人。

彭敏

都姓贾吗？

贾樟柯

没有，只有第一户姓贾，其他人姓什么的都有。作家们在那儿有一个聚会，当时主题叫"从乡村出发的写作"，阿来老师、李敬泽老师、余华老师、苏童老师都去了。正好我们那儿也是产酒的地方，喝着酒，聊文学问题，聊社会问题，对我本人来说受益匪浅。我拍摄的纪录片《一直游到海水变蓝》，也记录了"吕梁文学季"当时的盛况，阿来老师做了专题演讲，参与了朗诵、论坛这样的交流活动。我们俩交流有两次很奇特，有一次是通过中国之声广播电台隔空交流。刚才说到科幻，因为《不要回答》在筹备第二季，非常希望第二季能邀请到阿来老师跟我们聊一下前沿的科学话题。

彭敏

那个盛况我都可以想象，一切美好的元素都存在了。

贾樟柯

我们是在筹备第二季，我们还想再聚会。

彭敏

阿来老师呢？

阿来

因为我一直围绕文学扩张自己，我对"吕梁文学季"很感兴趣。他们那个贾家庄，是原来上世纪五十年代电影《我们村里的年轻人》的背景原型。中国少数的几个农业集体化以后，即便在上世纪八十年代、九十年代，集体经济也没有解散，而且不断壮大。我们四川也有一个，叫彭州宝山村，那个村的书记也姓贾，是我的好朋友。这些都是观察中国社会的乡村变化、乡村建设的非常有意思的样本。为什么？而且今天我们发现农村分田到户单干以后，还要成立合作社，搞集体经济，因为不集约化不行，一家一户没有竞争力，只是当时的权宜之计，所以我要看一看贾家庄。二是话题也是很有意思，我们没有只谈乡村、文

学。记得当时跟一个清华的教授对话，他们这么多年来一直做乡村建设工作，还有一个志愿者，是 NGO 组织里面的，也在做乡村建设工作。我们中国政府举大旗，做主流。其实当大部分人目光关注到城市的时候，中国有很多非常优秀的人关注着乡村的面貌、乡村的建设，这也是中国知识分子的传统。那一次也是觉得文学界里一些单纯的作家聚会，谈非常实际的内容。

贾樟柯

我们在那个村庄里有一家小小的电影院，除了文学以外，也有一些电影，也是跨界的。

彭敏

文学的礼物，的确是一个让人倍感温馨又心潮澎湃的话题。后疫情时代，黑天鹅事件频发，生活的不确定因素大大加强，但是文学给普通人的生活一个锚，坚定人们的心智，丰富人们的精神，给不确定的生活相对确定的精神坐标。每个人作为个体，首先要降落地面，要温暖地活着，但是，生活依然允许普通人都能够拥有离地飞行的空间。这就是文学构筑的精神世界，这就是文学的馈赠。

好，那我们这一篇章《文学的礼物》就到此结束。今天两位老师们的分享很真诚，也很深刻，可谓是一场思想风暴。

篇章六

无界的 世界

◆ 把流动当成一个期冀。

◆ 他至少还有另外一个活法，是他藏在那个抽屉里重新抄了一遍的干净的手稿。

◆ 我希望自己二〇二二年写的东西就像二〇二二年的东西。

◆ 对生活的自省能力、看清楚自己所在处境的能力，本身就是改变生活的过程。

◆ 不是我们选择生活，是我们被抛到生活的位置上。

◆ 我们对"界"要抱有警惕，跨界、过界也是有好处的。

◆ 高质量的想象力往往是以经验为支撑。

◆ 有一些缺乏生活经验的人以为自己天生下来就是想象的天才。

彭敏

大家好，我是彭敏。"心如原野，文学无界"。这里是由酒鬼酒、《收获》杂志共同发起，"微信视频号"独家呈现的"无界文学夜"。我们邀请到许多文坛大家和青年作家一起，深入探讨文学的魅力——文学如何将无限的感知折叠进我们的人生。

现在我们开启最后一个篇章：《无界的世界》。什么叫无界的世界？在庄子笔下，道是无处不在的，文学同样如此，它可以是一片树叶、一个宇宙、一场电影、一次恋情。文学是无垠的、广袤的，打开任督二脉之后，它可以通过无边的想象力把普通人指引向无界的世界。这一场的嘉宾是文坛大家韩少功和新锐作家淡豹，想必会碰撞出很多火花。那我们先请两位老师跟大家打个招呼吧。

韩少功

大家好，我叫韩少功，我是一个祖籍湖南，但是在海南工作、退休了的作家，现在的生活状态是半年在湖南、半年在海南。现在已经是一个老人了，也是一个文学老兵。谢谢大家。

彭敏

非常谦虚的韩老师。

淡豹

大家好，我是淡豹。我觉得我是一位文学新人，能够在这样的场合和韩老师这样的前辈、和大家一起聊文学的话题，非常荣幸。谢谢大家。非常荣幸能和韩老师（一起）坐在这里，和韩老师聊文学。我还记得自己上中学军训的时候，把那本《爸爸爸》带去，在军训的宿舍里，和当时身边的女朋友们围读，然后看到中间那些信，我还记得那些场景，所以今天坐在这里我觉得非常荣幸。

韩少功

真的吗？

真的。

彭敏

韩老师的书是我们共同的文学记忆。欢迎两位老师。首先，我们思考一个问题，人生和文学，它们各自或者相互的界限在哪里？

韩少功

文学大体上说是一种用语言文字来表现生活的一种方式。但如果说文学和生活是一回事，这样说太冒险，就像我们说间接的了解和直接的了解毕竟是有区别的。哪怕现在像人工智能，用元宇宙、用虚拟世界来还原生活，也（还）是有限的。因为虚拟世界的长项，比如表现视觉和听觉，我们以前说绘声绘色，能够模拟、仿真地还原生活，但还原度肯定有限。在味觉、嗅觉方面更等而下之。现在有生物芯片，通过移植到肉体里，也给你味觉、嗅觉、触觉信号的传导，但显然是有限的，这个手段现在还不是很成熟，将来我也怀疑能否替代人的真实感受。尤其触觉，比如我们喜欢看描写强盗的小说，但是我们可能还真不希望家里有个强盗，真不希望我们的孩子们和强盗交朋友。看小说

和生活是有区别的。

我们也喜欢到电影院看战争大片，但是我们肯定不希望有真实的炸弹在电影院炸开，真不希望在战火中逃生。真实的生活和虚拟的生活，哪怕用最新的科技手段来给我们还原仿真的生活，毕竟是有区别的，所以说文学和生活完全会变成一回事，这个我是怀疑的。

彭敏

您说的是不太好的东西，像我们有时候看小说，武侠、江湖这种让人心潮澎湃的东西，倒可以变成现实。

韩少功

现在信息社会里面，很多人通过间接手段了解生活、了解世界，甚至足不出户就可以知道这个世界怎么样。但是这个世界是不是真正的世界，这是要打个问号的。

淡豹

我是一九八四年出生的，我会觉得我们这代人习惯了流动的生活状态。如果说以前的人是把"定"当作一种默认、默许的状态，把"动"当作一种特殊例外的状态，那么我觉得我们这代人，"动"才是定数。

彭敏

反过来了。

淡豹

然后包括所谓的"进城打工"，或者"打工"这个词也是这样，这不仅是所谓的知识人的一个想法，而且大家都在流动中间看到一个获得财富的机会，看到在社会阶梯上有一个变换的机会，把流动当成一个期冀。那这几年的情况比较特殊，就是身体被框定了。然后我觉得我们这代人就是，如果不流动，很容易觉得虚无，然后会感受到自己被限制，这和以前的人就不太一样。这种情况下，我觉得用文学来打破这种疆界就变得很重要。

我自己是东北人，辽宁人，家附近是水稻种植地——现在是在城市里长大了——那小的时候都会经过这个稻田，印象很深的就是，插秧的人一直都是弯着腰的，然后一天一天地如此。车子在两排白杨树之间、水稻田中间行驶，这是我的童年记忆。所以我现在有的时候会想，文学它可能没有说的那么诗意，说能给人插上什么翅膀，人插不上翅膀的。没有办法，你插秧的时候也不可能坐到飞机上去，因为你必须在那里工作。插秧，是你的习惯，又是常规，是别人对你的要求，同时它也有价值——这个价值让你第二天早晨继续去插秧，但有的时候人会很累、很苦，也看不到别的可能性。那至少文学可能是一个无人机，让你在低空看一看下面，能看到这个稻田旁边的沟壑是有边框的，看到旁边的高速公路、远山、天空，这个时候人对于自己的生活可能会有不一样的理解。

我对文学没有很高远的期待，可是我觉得至少可以在低空重新看一下生活。

彭敏

而且你刚才说的流动，是不是包含你生活当中很多重大阶段的那种不同的（经历），就是你会把自己的经历投入不同的事情上去吧，对吗？

淡豹

是的，我想文学对于这些过渡也是有意义的吧。

彭敏

我们知道，中国人讲究知人论世、文如其人，人生和文学从来都是放在一起讨论的。我们喜欢一个文人，往往和他的人生经历、人格魅力分不开。我们那么喜欢陶渊明，因为他不为五斗米折腰，在"996""007"之外给我们提

可以少听老人
言，不怕吃亏
在眼前。

我对文学没有很高远的期待，可是我觉得
至少可以在低空重新看一下生活。

供了人生另外一种美好的可能性。我们喜欢李白，因为很多人习惯于戴着假面生活，而李白活出了真我的风采。我们喜欢苏轼，发现一个人可以那么好玩、那么贪吃，在人生困境中又那么坚韧……在束缚重重的世界，是文学给了他们挣脱一切羁绊的自由。我们喜欢陶渊明、李白、苏轼，我们也期待文学可以带我们飞起来，抵达世界的远方和灵魂的深处。两位老师，可以不可分享文学给自己带来了何种自由？

韩少功

一个人的生活会有很多局限，一个人只有一个脑袋、两只手、两条腿，但是在文学中可以想象：你有九条命，可以死而复生，可以到地狱逛一逛、到天堂逛一逛，这是你想象的权利，无所不能，分身无数。你也可以把过去的生活重新活一遍，活几遍，活N遍，每一次还可以活出不同的味道，这是文学给我们的特权。如果一个人没有文学的修养，或者是没有接触文学的爱好或者习惯，那他的生活有点亏——人家可以活几遍，你只能活一遍。

世界上把人分好几种，分男人和女人、中国人和美国人、穷人和富人，但是也许还有其他的分法，比如分成爱好文学和不爱好文学的人，或者是接触文学和从不接触文学的人，这两种都是有的。文学的价值在于可以给我们的生活增值，因为你可以活很多遍，可以活出超出自身局限的可能性，这是比较有意思的语言文字活动。

彭敏

文学可以让我们有八百万种活法。

韩少功

对。

淡豹

韩老师刚才讲的这个道理，我觉得我可以举一个实例。就是我小的时候，用现在的标准来看，应该是一个文学青年，但是（当时）我自己不知道。我看了很多中国自己的文学期刊，因为我妈在大学工作，她会把图书馆当月的期刊都用自行车驮回来给我看。但是我从来不敢也从来没有想过自己能和文学有什么关系，因为我看不到如何把文学变成一个职业，我不会想到说我可以是一个写作的人。习惯了读这些，然后我记得有一段时间我在海外上学，二〇一二、二〇一三那个时候，我开始写小说，想投稿，就上网去看，杂志说不接受电子投稿，我就打印出来，请家人寄航空信。

成本好高。

淡豹

对。然后挺厚的，当时是没有回音。当时也给《收获》投过稿，然后没过。

韩少功

惨遭退稿。

淡豹

对，就很自然地遭遇了退稿。所以就想不到如何把写作变成一个职业，后来一直在各行各业做，我到现在也在做教育类等其他很多兼职，到今天都是一样。可是我会觉得，如果文学曾经存在于你的生活里，它一定在某个时候会让你想要写作，你不可能不想写作。就算是连我这样一个曾经不敢奢望的人都想写、在写，而且我的生活里没有任何一个人是搞文学的。我的舅舅，在他去世之后，大家去看他的遗物，发现他是写剧本和小说的，可是他生活中是一个公务员。我们没有人知道他写作，他的这些东西也没有发表过，电视剧本是写了一半，可悲的是这是一个很不好的剧本，非常庸俗。

彭敏

我还以为这是一个卡夫卡的故事，结果……

淡豹

它是一个很现实的故事。

韩少功

虽然他写了一个不成功的剧本，但是他的快乐，可能是我们不知道的。

彭敏

这种快乐是我们无法想象的。

淡豹

对。也许他没有八百万种活法，可是在他公务员的人生之外，他至少还有另外一个活法，是他藏在那个抽屉里重新抄了一遍的干净的手稿。我长大以后就经常在想，我

也想有别的活法。然后我开始写作，后来写过评论，写过随笔。开始写小说之后，我发现尝过虚构的甜头之后，人回不去了。如果现在让我写一个完全的非虚构，我觉得我做不到让引号里面的话完全是我听到的实际情况，除非我去誊录、录音，我觉得我一定会想要做一点虚构。如果我自己来解释为何如此的话，比如说，我会想让小说里的人能比现实中的多一点反省能力，我希望人能有超越我在现实中所看到的因素；比如说，因为我挺关心女性的生活状态的，我觉得理解感情本身也是一种感情。总之，我希望小说里的人物能比现实再多一点什么东西。所以我觉得虚构是一个巨大的诱惑，当你被它吸引之后，你很难再调转你的身体，背对它而去。

彭敏

虽然你反对说文学插上翅膀，但是我感觉虚构还是让你的心灵飞起来了，对吧？不管是哪种形式的飞起来。

我看两位老师多少都有一些跨界的经历。韩少功老师写小说的同时也做翻译，淡豹老师也有文学之外的从业经验。两位老师如何看待这种跨界经历？对各自的创作有什么影响？

韩少功

比方说翻译的话，也是一种阅读，是一种精读。翻译不可能一目十行，你就要仔细地，每个字、每个词都要翻译准确，要传达它的意思，必须精读，这也是强迫自己好好读书的方式。这里面当然有一种多语种的碰撞，因为世界上的语言和语言不是完全一样的。比如中国的表达方法在其他语言里就没有，有些词汇也没有。各个民族的生活习惯、文化背景，很多是有差异的，也会反映到语言里面。有人说有的民族表现色彩的词就两个：黑、白，这是最少的；多一点的，有三个：黑、白、红，所有的彩色都叫红；有的四个、五个；最多是几十个；我们中华民族的汉语，可能不算最多的，也算比较多的，可能还有比我们更多的。他们对语言、对色彩的感觉，和我们实际上能够达到的并不完全一致。命名系统很复杂，在这中间你会体会到生活是这样，语言是这样，这会激发我们，不光是求知的兴趣，也会对生活和文化进行比较的乐趣，还有意义。

这种跨界就意味着一个作家不要太纯粹，我从来不觉得一个作家得是很纯粹的作家，什么纯文学的概念，我也是抱有怀疑的态度。我们中国古代的作品不是纯文学，都是杂文学。司马迁写的历史不是文学吗？庄子写的哲学不是文学吗？它们都纳入了文学的教材。西方也这样，比如在英语世界，"literature"不光指文学作品，它还包括一切的文献、所有纸媒的文字活动。英文中的"writer"光指作家吗？中国写小说、散文、诗歌的叫作家，而英文世界里面的"writer"，包括新闻记者都可以叫作"writer"，这是一个很中心的概念。只是我们不知道什么时候开始，把文学变得非常"纯"。俗话说文学无界，它现在不但有界，而且还越来越窄、越来越紧缩，变成非常单纯的文青的要求，这一点不好。这一点上，我赞成哪怕不说文学无界，至少文学的这个界要非常宽。我希望一个作者不光读文学，最好是读杂书、干一些杂活。西方有一个法国作家，我忘了他的名字，他说一个只读诗的诗人肯定是三流诗人，一个只读小说的小说家肯定是三流的小说家，这句话我有点相信。这是我个人的看法，也许很多人不赞同我这个看法，觉得学术有专攻，"专"要更好一些。我不反对也不排斥人们抱有其他的看法，但是我个人认为，我们对"界"要抱有警惕，跨界、过界也是有好处的。

彭敏

在我上学的时候，我也总想写小说，但总是写不出来，憋半天就几十个字。后来发现读了很多历史书之后、了解了很多行当之后，写小说变成可以实现的事情。

淡豹

我一生中大多数时间在学校里面度过，因此能有机会走出去，去看各行各业的人，到现在也是做很多兼职。这个给我带来的影响是，我不认识或者没有交往过太多文艺界的、或者专门搞文学的上层工作者，就是比较纯的文学工作者，所谓"established"的状态。今天应该是我人生中第一次在这样的场合，见到这样的老师们，确实是第一次。我的生活里接触的所有人都是要养家糊口的人，"养家糊口"不是说大家吃不饱肚子的意义上，而是会有危机感、比较焦虑和恐惧，大多数时间会以为自己的生活离文学很远，或者很社会达尔文主义地觉得文学无用的人——这是我的生活中接触到的所谓普通中国人。我觉得这种岌岌可危感是这个时代下大家共享的特质，就算是看起来比较优渥的中产阶级也会觉得生活随时会撕开一个大口子，之后就很难回得去了。对我来说，这是我亲身体会到的这个时候的时代精神。

虽然写了十年，但也没有写出什么东西，还是文学门槛的初学者和新人，我谈不了太多经验体会，我谈的是对自己的期待，或者是我想写什么东西。我希望自己二〇二二年写的东西就像二〇二二年的东西，再过十年、二十年如果我自己回头来看，或者有读者回头来看，可能不一定有文学价值，但是我希望他们能从中看出一定的时代精神。不是说主题要写这个时代，没有那么宏大的志向，我觉得作品的语体、人物状态、组织作品方式都是能跟这个时代有关联，我希望写这样的东西。如果我的经验或者人生经历能带来什么，希望是这种期冀——希望还是有某种意义上的记录性和史料价值。

彭敏

不管过去多少年，打开你的书就像走进了这个时代，非常真切。

两位老师在生活层面上的跨界，对文学创作会有什么影响？生命经验的宽度是不是可以拓展文学的想象力？这种文学的想象力从何而来？有没有因此拓展各自的生命边界？

淡豹

韩老师刚才提到翻译，我也非常赞同。我本身的写作想象力是不够的，我也知道我是这样的人，想象力这种东西当然可以训练，但编故事的能力很大程度上也有与生俱来的成分。我自己是想象力不够，靠耳朵来补。我非常喜欢听，听不同的人说话，也包括读外语的东西。我觉得给自己创造一些能够听到不同人说话的机会很重要，可做可

不做的事情我一般都会去做，这是我拿自己的人生去换能够替代想象力的听觉的一种方式。

韩少功

"想象力"这个词都用烂了，以为异想天开、胡思乱想都叫想象力，其实不是。高质量的想象力往往是以经验为支撑，我们举个例子，《西游记》够有想象力了，规模宏大的人、神、动物，但是里面他写猴子像猴子，写猪就像猪，一定是以猴子和猪的经验支撑了《西游记》的成功，这是很强的一个因素。有一些缺乏生活经验的人以为自己天生下来就是想象的天才，这是一个很危险的想法。比如我接触到一个中学生，他给我一个 U 盘，说请韩老师看一点东西，我以为是两篇散文、诗歌什么的。一看是七个长篇小说。他也写了火星人，也写了唐朝，也写了机器人，写了很多东西，他认为这是他的想象力。我跟他说孩子，你写的老人不像老人，写的女人不像女人，恐怕是你经验不够。因为他是一个中学生，对什么是老人、什么是女人，没有经验，不了解；而且他很难理解这一点，他认为需要这个吗？需要写得像吗？这就没有办法继续谈了，谈话进行不下去了。对这个孩子我感到有点遗憾，可能他有很多且强烈的想象的愿望，但是他不知道优质的想象是怎么产生的，我希望这个孩子等到有一点社会阅历以后，等到生活经验稍微丰富以后，他的这种想象、他的七个长篇小说，至少有一个是成功的。

彭敏

省得把所有年少的想象力都挥霍掉了，还是要有坚实的基础。

两位老师的回答非常精彩，也让我们感受到文学非凡的魅力。

我想说，文学是如此美妙、如此自由，文学带给大家如此丰富的体验，可还是有很多人在现实生活里固步自封。所以，可不可以请两位老师谈一下，我们如何打破这种现实生活中的不自由感？

我来抛砖引玉一下。比如，我喜欢诗歌，而且特别喜欢中国的古诗词。当我们困在一些现实的问题当中时，尤其是在大城市，大家都面临着各种买房、结婚生子、如何升职加薪的压力，这些具体的问题把我们牢牢地绑定在泥土地里的时候，当我翻开一本李白、杜甫、苏轼的诗集的时候，就感觉我的灵魂好像就飞升了，我就不在此处了，我仿佛就获得了一种自由。这种心灵上的升华和美好带给我一种自由感。那么，我想问两位老师，如何才能不给自己的人生设限？

韩少功

你提出的这个问题太苛刻了，太奢侈。不给自己的人生设限，对很多人来说很难。因为不是我们选择生活，是我们被抛到生活的位置上。比如我经常在北上广一些大城市看到很多年轻人"996"，他们每天至少有八个小时在职场，还有三四个小时的通勤，那么他们回到家里已经精疲力尽，这个时候他们的文学在哪里？对他们来说，他们希望一点娱乐，希望一点消遣，希望一点放松，对此我非常理解，这是他们应有的休息的权利。他们希望文学让我休息、让我放松、让我娱乐，这种想法虽然有时候有点过分，但是我完全可以理解。

对于有些人来说，也不是所有人，就是希望他们能够在文学中得到更多，比如你说的，更多的心灵自由。我们希望他不光是读那一点升级打怪的小说，也不是仅仅读一点像中学生的白日梦——比如穿越，老是穿越到皇宫当公主，从来不穿越到普通老百姓身上；总是一个凤凰男碰到美女霸道总裁，然后霸道总裁还很有善心。如果你没有穿越到后宫，没有当上公主怎么办？如果你没有碰到一个美女霸道总裁，或者那个总裁心里不善或怎么样，那你的故事没法说了吗？其实那种东西是催眠，使你的智商低幼化，泯灭、摧毁你的想象力和争取自由的力量。

你要真正地争取自由，要面向生活，要面对问题，要面对现实，不要用白日梦来催眠自己。对有些人来说，我希望你们有一些更高的要求，希望你们读一读经典，读一读前辈给我们留下的很多面对生活困境的经验，看他们是怎么面对困境的，是不是能给你一点启发。古往今来的大师们和我们今天面对的问题是差不多的，人生、社会的问题都有很多相通的地方，所以我们要把他们看成在同一个时代、同一条起跑线上，在同一间教室里面对同一张试卷的人，我们共同面对生活的难题，这样去争取一种自由，可以赢得更多自由的力量，这我觉得是比较实在的。

彭敏

没想到韩老师对霸道总裁、穿越这些东西都这么熟悉。

韩少功

我看得少，但是有一点点了解，很皮毛的了解。

淡豹

如果真的有机会穿越，现代人首先可能接受不了的是没有抽水马桶——得解决这个问题之后才能走到街上和帅哥美女相逢。

我是觉得好的文学能让人更自觉一点，当然要区分好的文学和不那么好的文学，好的文学是有这个力量的。我觉得对生活自觉特别重要，不是说提高自我意识，现在很多时候，大家说自觉、觉醒是把自己放在重要的位置上，这个倒不一定那么必要，有的时候反而有害。但是对生活的自省能力、看清楚自己所在处境的能力，本身就是改变生活的过程，这点我觉得特别重要。

说到设限，我也觉得完全不设限不可能，但可以不要提那么高的期待。提那么高的期待，大家都做不到也就放弃了，不如说有些不必要的限制也没有必要给自己加。我这样说可能比较幼稚，可以少听老人言，不怕吃亏在眼前。老人指的不是前辈，是指自己的父母，或者家庭。这些会帮助人获得安全感，同时反倒限制我们的一些行动。我觉得所有屏幕前的听众都会非常熟悉，我们也是这样过来的。

彭敏

既要不设限，但同时也要学会管理自己的预期，同时对稳妥的传统的观念有一个清醒的认知。一旦生活的迷茫被治愈、人生的虚无被填充、生命的格局就会被打开，从而进入一个广阔的世界。固有的认知和过往的经历，既是保护我们的茧，也会成为束缚我们的羁绊。循规蹈矩不越界的生活，或许是舒适的，但很可能，这舒适区是暂时的。想要突破，就要对边界不断去探索、去叩问，重新去拟定、去拓宽，让每个人有限的领土变成无界的世界。想必作家们的分享，会给大家带来不一样的人生思考。

好，那我们这一篇章《无界的世界》到此就结束了。感谢两位老师的精彩分享。

跨界就意味着一个作家不要太纯粹，我从来不觉得一个作家得是很纯粹的作家。

你要真正地争取自由，不要用白日梦来催眠自己。

后记

让它不停旋转

二〇二二年很特别，特别到一个上海的资深文艺工作者在两个月的居家生活里不断想着一系列问题：文学还能对人的生活起到作用吗？怎样的作用？私人范畴还是公共空间？怎样的阅读能更滋养我们，给我们力量？

我想听听作家们的想法。最初设计的话题围绕"青年闲话集"展开，希望有观点的交流，形成对话。然而收集来的年轻人的问题急需解决路径，作家们的回答完全不具备显而易见的工具性。纯粹漫谈呢？会不会太自以为是？最终，在和播放平台"微信视频号"一个多月的密集讨论后，形式被确定下来：话题将按篇章逐步深入；作家们分享自身经历、自己创造力的秘密为主，不需要过来人的说教、居高临下的指导；需要共情，需要用诗意的思考唤醒倦"卷"的我们，使那个日光之下的世界焕然一新，即使只有一夜。

接下来是邀请、组合。我觉得好的、更具有普遍性的交谈是参与对话的每个人都能聆听别人真正在说什么，并给予回应，而不是重复一些自己已经说过的东西。一个面向大众的活动，是不能自说自话的。在如何搭配更能有双向交互感上，我花了些心思，最终呈现出一个基本放松的、朴素的文学夜。

那么，为什么命名它"无界"？

二〇二一年推出"收获App"那一日，我对它的理解就是：无界。这也是我对文学的认识。所有的文本，都是在让他人的声音、过去的声音、彼岸的声音，通过作者来发声。作者是万物众生的发声筒。作者首先要让自己"无"，才能体验他者"有"，才能让别的人格、别的视角进入，得到如其所是、如是我闻的表达。所以作者不是制造者，是作品占有了TA。作品自己言说。作者理应谦卑。

对读者的要求也是一样的。读者也要学习，在阅读过程中让作者自由进出，从而换位思考，观照自己心中的成见，从而认识到，这世界上还有其他的人、事、风光，而不局限于自己那些观点。这样的阅读才能拓展我们的生命。我们固然不能改变生命的长度，但我们可以在有界的人生中，体会一次次有趣的生命、新鲜的经历，能将上下五千年的感知折叠进我们普通人的有生之年里。这样的阅读，才是对同情－移情的训练。对，先能同情，继而移情。同情阶段，你的自我还很强大，只是侧过身子，让他者有个位置；移情则是搁置起自我，把自我消解到无限小，从而无限大，大到创造出一个公共空间，容纳喧哗众声。只有这个意义上的"无我"，才是自然的、道德的。（如果这能成为公民的公共素质，世界应该可以运转得更好……）

自从我把文学与无界放在一起，也总有人问：文学真的能做到没有边界？文学真就应该完全打破边界？这么打比方吧，文学好比一枚硬币，过去对它的讨论停留在二维层面，即围绕它的两面来谈界。我的理解则是将它立在生活的平面上，转动它，让它旋转起来，晃动出无法界定的弧线。每一次使它旋转的力，都是自由创造的力。你使它旋转，就是你以自己的方式探索自己的想象力。行动吧，每一次新的旋转，都会给这个世界带来新的东西。如果你像我一样观察过硬币旋转的姿态，你会发现，美极了。文学着的文学，永动着的文学，是美的。面对这样的美，我们会忘记周遭，忘记我执，会打开自己，不再一味关注自己。碰触这样的美，会让我们心生温柔，想要去创造，想要把同样的美好，带到这个世界。

今天，能让我们有共识的东西变得越来越少了，和科学和娱乐相比，文学是明显无用的，从业者得建立这种现实感，但再边缘，也还是要让文学持续出现，被看见，为此必须流动，主动与其他事物连结。就像，风吹过原野，吹过一些习以为常的一成不变的事物。这种吹拂或许不会马上起到作用，不会有什么读者看完一本文学作品就心怀天下，走出门去拥抱所有人类，但它会随着时间渐渐变化，创造一种形成缝隙的可能性，而缝隙，是光进去的地方，是水进去的地方。而光和水，都是柔韧的、勇敢的、一往无前的力量。

收获 APP 运营总监　走走